Fille de Tunis

DE LA MÊME AUTEURE

Les Graffitis de Chambord, *Grasset, 2008*
11 femmes (collectif), *J'ai lu, 2008*
Les Oiseaux noirs de Massada, *Grasset, 2011*
Un convoi pour Juan-les-Pins, *Storylab*, 2011
Nous étions une histoire, *Stock, 2014*
Sur le divan *(collectif), Stilus, 2017*
Je suis Jeanne Hébuterne, *Stock, 2017*
Le Tailleur de Relizane, *Stock, 2020*
Le Bruit des secrets (collectif), *Charleston poche*, 2022

Olivia Elkaim

Fille de Tunis

Stock

Couverture © Le Petit Atelier

ISBN 978-2-234-09235-8

Pour Lili, dernière-née de cette lignée de femmes,
le 18 octobre 2022

« Je jetai une chaussure par-dessus bord
et je compris que tel avait été mon désir :
une conversation avec monsieur Kurtz. »

Joseph Conrad, *Le Cœur des ténèbres*

I

— Arrête de bouger et regarde-moi.

Elle fait non de la tête, s'agite, boxe. Un coup à droite, un autre dans le vide, un coup à gauche. Elle griffe, cogne. Mais son père la maintient d'une main lourde contre le tronc du figuier et, de l'autre, dénoue la ficelle qu'utilise la fatma pour préparer le rosbif.

— Ça suffit, Arlette !

Elle fixe Albert, furieuse, tout près de son visage, distingue entre ses dents des résidus de veau mariné et de roquette sauvage. Elle respire son haleine aillée, voudrait essuyer le pourtour de sa bouche encore huileux du repas qu'il a interrompu quand elle a passé la grille du jardin, à midi. Il pourrait la prendre dans ses bras, non ? l'appeler « gentille alouette » et la cajoler, pelotonnée sur ses genoux, en lui lisant des poèmes de Villon, « N'ayez les cœurs contre nous endurcis »...

Mais il l'attache, mains dans le dos, mollets l'un

contre l'autre. Il serre les liens. La ficelle strie la peau blanche.

— Ça me fait mal.

— Tais-toi !

*

Tous les jours, elle s'échappe et disparaît. Elle fuit les piaillements de ses deux sœurs et son frère trop gâté, le fracas des casseroles, dans la maison de la rue du Miel, quand, dès six heures du matin, la fatma se met en cuisine. Elle cavale loin du quartier de Bab El Assel et de la grande ville, grouillante, qui tourne le dos à la Méditerranée.

Elle remplit sa gourde à la fontaine de la porte du Miel et traverse, seule, la médina. Elle se faufile entre les charrettes à bras et les calèches, longe la voie ferrée et le lac de Tunis, les barques à fond plat alignées sur le bord. Dans la pinède, une odeur de résine suinte des branches. Les épines mortes craquent sous ses sandales. Elle marche, trois, quatre heures, jusqu'au bord de la mer, là où les rochers forment des cavités, en contrebas des thermes d'Antonin, à Carthage.

Arlette avance au fond d'une grotte, s'allonge sur un tapis d'algues sèches, tête posée contre la pierraille, une main fouillant les anfractuosités.

Une étrille décampe sous ses doigts. Elle penche sa nuque en arrière comme la maman au-dessus du bac à coiffure. Son crâne frotte l'écume sur le rocher.

Elle rêve d'un prince, d'horizons lointains, quand soudain l'eau s'infiltre jusqu'au fond sablonneux. Le ciel gronde et crache des seaux de pluie sale. Le brouillard brosse la mer. La nuit tombe plus vite que d'habitude. Arlette ne peut pas rentrer pour le dîner. Elle attend, dissimulée pendant des heures, que l'eau cesse de claquer. Elle grignote des bouts d'algues. Leurs bulbes éclatent sur son palais, libérant le suc et le sel.

Les nuages finissent par dévoiler une voûte opaline. Elle s'endort. La roche se détache. Arlette vogue, chahutée dans des creux de six mètres. Peut-être finira-t-elle par atteindre l'autre rive, à force, l'Italie, la Corse ou la France ? La France, ce nom affiché en gras sur une carte ancienne, au fond de la classe de mademoiselle Perruche, la France, de l'autre côté des États barbaresques, la France qui la fait tant rêver, Paris, la mode, la liberté et les grands écrivains. Elle vogue, plus rien ne la retient au continent africain, ni à ses parents, ni à la maison, rue du Miel, à ses murs trop étroits. Elle a envie de demeurer éternellement là, debout, à scruter l'horizon et s'imaginer un avenir.

*

Toute la nuit, Albert la cherche, échevelé, sous les lits, dans les armoires. Il secoue la fatma en la tenant par les épaules, son visage contre le sien.

— Elle est passée où, nom de Dieu ?

Mais nul ne voit jamais Arlette partir. Il court dans les rues de Bab El Assel, frappe chez les voisins.

— Elle est chez vous ?

Non. Cette enfant est un passe-muraille.

En rentrant se coucher, il dit à sa femme :

— Ta fille me rend marteau.

— C'est bien la tienne aussi, rétorque Marcelle en tournant son corps massif du côté du mur.

Il éteint la lampe à pétrole et fixe le plafond, compte les lézardes, sans trouver le sommeil. La maison se fissure, les fruitiers, dans le jardin, ne donnent plus rien depuis des années, tout fout le camp, qu'a-t-il donc raté avec cette gamine ?

C'est leur deuxième fille, née deux ans après l'aînée, un an tout juste avant les jumeaux. Elle ne ressemble à aucun des trois autres enfants. Eux ne sont pas plus sages qu'elle, mais écoutent ses ordres, craignent son index menaçant et le martinet accroché à la clenche, derrière le rideau de perles.

Arlette n'a peur de rien. Elle baisse sa culotte, il la frappe, cul nu, et elle file pleurer loin des regards.

Tout ça finira mal, Albert en est certain. Il guette les bruits de pas, un grincement de porte, le braiment d'un bourricot. Après l'appel du muezzin, lancinant, au petit jour, il ne se rendort jamais.

Tout ça finira mal.

*

Albert sait bien ce que les voisins disent. Incapable de tenir son foyer. Le peu de temps qu'il passe à la maison, il se détend dans le fauteuil à bascule et lit des recueils de poésie épais comme la Bible. Un original, ce Lacrouts, toujours parti ici ou là : trésorier de l'Amicale bouliste francevilloise, jockey tous les dimanches, sur les hippodromes de Tunis, Kairouan ou Nabeul.

Ses bras enserrent le poitrail musculeux d'Azraq, son pur-sang à la robe bleu nuit. Au galop, il oublie sa femme, les gosses, la maison, le qu'en-dira-t-on dont le murmure incessant lui étreint le cœur. Quand ils finissent la course, tous deux en sueur, il murmure son nom, Azraq, en brossant son encolure, le soigne jusqu'à ce que la nuit tombe, Azraq, bête fidèle.

Il s'absente d'autant plus qu'il a renoncé à son congé militaire et qu'il a été affecté au service du matériel. Il signe tous les trois mois un renouvellement de son engagement.

— Vous êtes sûr de vous, monsieur Lacrouts ? lui demande le clampin, affalé sur son fauteuil, dans un bureau au toit de tôle, surchauffé, de la caserne de Forgemol.

Albert hoche la tête, agacé. Une « tacite reconduction » lui irait très bien, pourquoi toute cette paperasse, ce temps perdu ?

À son âge, obéir aux ordres, courir d'une mission à l'autre, est-ce bien raisonnable ? insistent les voisins. Sa femme, au milieu de la nuit, éveillée comme en plein jour, renchérit :

— J'ai peur pour toi, Albert.

Elle lui portera la scoumoune, la maman ! Les bombardements, les réquisitions, c'est terminé. Les Allemands ont été chassés. On peut enfin respirer à pleins poumons, vivre normalement.

— Normalement ? Mais les tickets de rationnement… lui oppose Marcelle.

La fatma ne trouve rien d'autre, au marché, que quelques oignons et de l'ail. La viande, elle doit la quémander au paysan, assis chaque matin sous la porte du Miel, bras croisés.

— C'est un voleur, il nous fait payer cinq fois

le prix sans qu'on sache s'il nous refourgue du veau ou du chien.

Elle passe son temps à se plaindre. Albert hausse les épaules. Un nouveau résident général de France a été nommé, les quartiers détruits de Tunis seront reconstruits en une ou deux années, pourquoi s'en faire autant ?

— Ça va s'arranger.

Elle s'obstine :

— J'ai peur, Albert, quand même, tu n'es plus tout jeune.

À quarante ans, il n'est pas un vieillard, bon sang, il respire la santé. Il se frappe le torse, s'observe le visage quand il se rase le matin, une mâchoire carrée, des rides au coin des yeux.

Albert se félicite d'exercer un métier au service de la France, avec une paie de maréchal des logis, lui permettant d'entretenir sa famille dans un confort qui, malgré les restrictions, fait envie. Il est un homme d'action, lui, pas l'un de ces nababs qui peuplent les terrasses ombragées de la ville européenne, le café du théâtre, la brasserie du Phénix, ceux qui bavassent à n'en plus finir sur la reprise en main vigoureuse du Protectorat et l'interdiction du Néo-Destour. Si les Arabes commencent à invoquer le droit des peuples à disposer d'eux-mêmes, s'ils ont l'appui, en sous-main, des Soviétiques, où va-t-on ? Les autorités françaises ont bien fait de montrer leur détermination en déportant le bey au fin fond du Sahara. Il était devenu trop indépendant, il nous fallait un souverain plus docile.

Albert ne s'attarde pas dans ces cafés. Tout juste feuillette-t-il le journal, au comptoir, en se délectant d'un kahwa arbi parfumé à la fleur d'oranger. Il consulte les résultats des courses hippiques, puis s'en va. Lui, ce qu'il aime, c'est prendre la route, dépanner les collègues en rade, pas commenter les visées impérialistes des grandes puissances. Les Américains veulent réorganiser le monde à leur profit ? Ça ne l'intéresse pas. Quand il n'est pas envoyé à droite, à gauche, il bricole en silence des blindés défectueux.

*

En son absence, c'est le chaos. Les voisines arabes recueillent les plaintes de Marcelle Lacrouts à l'heure du thé à la menthe, des cigares au miel et des makrouds disposés sur le plateau en cuivre.

La fatma fait ce qu'elle peut avec les enfants, pas grand-chose, à vrai dire. Il faudrait embaucher une matrone de Tataouine, plutôt que garder cette empotée, pour serrer Arlette qui s'échappe, revient avec des cloques sur les jambes, des cals aux mains et les robes déchirées. Arlette, plus vite que son frère, grimpe aux eucalyptus, chasse les lièvres au lance-pierre, et les rapporte, dépecés sur son épaule, vole des œufs dans le poulailler des voisins, qu'elle claque sur les murets, et gobe, quand la faim la tenaille. La petite n'est qu'une chevrette, pattes maigrichonnes et crinière si emmêlée qu'on ne peut plus y passer les doigts.

Albert part sur les routes et sa femme, *meskina*, est complètement dépassée. Tout le monde le pense tout haut, et ça caquette, et ça jase, une fois les portes fermées.

*

A-t-il un autre choix, ce jour-là, que d'attacher sa fille pour qu'elle ne leur échappe plus ?

— C'est pas ma faute…

— Tais-toi !

Albert, cette fois, veut se montrer ferme, sévère comme doit l'être un père. Après l'occupation allemande, les autorités françaises ont repris le Protectorat en main, lui sera bien capable de reprendre en main sa famille.

Arlette reste ficelée à la peau râpeuse du figuier. À ses pieds, les lézards luisants et les scolopendres aux cent pattes déployées s'agitent, les fourmis bleues creusent des trous, filent sous les pierres.

Son père se détourne, ferme le portail d'un claquement sec, et disparaît. Plus une minute à perdre. On lui a demandé de se présenter sans faute à la caserne de Forgemol à 14 heures.

Albert enfourche sa moto, une Indian rouge, achetée cash vingt ans auparavant à un Arabe de la médina. Il a repeint couleur or la tête d'Indien sur le garde-boue, l'a tant bricolée que, malgré les années, cette seconde main est restée comme neuve. Le déluge de la veille a lavé la carrosserie qui, depuis des semaines, était maculée d'une couche de sable ocre venu du désert.

Le moteur ronfle dans la côte. Les guêpes bourdonnent. La petite fille relève la tête, contemple l'indigo du ciel à travers les branches du figuier. À l'heure de la sieste, partout, les volets sont clos. Bab El Assel sommeille. Arlette pousse un cri sauvage. Mais personne ne vient la libérer.

Elle a douze ans.

Le 9 mars 1945, un soleil féroce perce le feuillage dense de l'arbre auquel ma grand-mère est attachée. Elle a soif. Les heures passent sans que quiconque se préoccupe d'elle. La fillette cesse de se débattre, molle, une poupée de chiffon.

La nuit précédente, Tunis a connu un épisode météorologique dit « méditerranéen », comme tous les mois de mars avant que l'été n'impose sa sécheresse. C'était la grande lessiveuse. Des djebels, se déversaient des torrents de fange. Dans les ports, les barcasses s'explosaient les unes contre les autres. Des éclairs éventraient un ciel devenu violet. Les charrettes, les chiens errants dévalaient les rues, emportés par le courant. La boue enfouissait les cabanes aux toits de tôle.

La Dépêche tunisienne avait dénombré une vingtaine de morts – uniquement des indigènes dont on ne donnait pas les noms. Aucun décès n'était à déplorer dans les quartiers européens de la ville.

*

Quel genre de petite fille Arlette a-t-elle été dans ce pays sous protectorat français, au mitan du XXe siècle ? Quel enchaînement de choix, de renoncements face à la brutalité des événements familiaux et à l'implacabilité des faits historiques – la guerre, la décolonisation – mène à la vieille femme qui me regarde droit dans les yeux, à Marseille, dans les années 2000, et répète comme un mantra :

— On ne peut pas être et avoir été.

Qu'a-t-elle vécu de si intense qui l'empêche de vivre à présent ? Cette phrase recèle une énigme autant que son existence fracassée.

Teint de porcelaine, casque d'or, ma grand-mère avait été belle, libre, une reine privée de couronne, fascinant les hommes, les femmes, tous ses proches. Mais à la fin de ses jours, elle m'oppose ce visage sans dents, ce visage ravagé.

— On ne peut pas être et avoir été.

Sentence qu'elle énonce d'une voix molle d'où, peu à peu, la vie s'échappe.

*

Arlette est morte il y a plus de dix ans. Des pierres recouvrent mes souvenirs. Quand j'interroge ma mère et ma tante à son sujet, elles se taisent, pensant me protéger, protéger notre famille, mes enfants, l'avenir.

Mission urgente, dit le télégramme du chef d'escadron.

Le portail grince, il faudra huiler les gonds, remplacer une moustiquaire dans la chambre des filles, changer le carreau du vasistas... Demain, après-demain, Albert Lacrouts repousse sans cesse l'entretien de sa maison.

Il part sans embrasser la maman sur le front comme il le fait d'habitude. Inutile de récupérer son casque sur la table de la cuisine, il perdrait encore dix minutes en explications à propos de l'alouette.

Tous ces romans que tu lui fais lire, ça lui met des idées dans la tête, lui reprocherait Marcelle. Il faudrait argumenter, pas le courage, il accélère. C'est sans doute cela, la liberté, ce souffle chaud de la vitesse sur le visage, dans les cheveux. Mais Albert est contrarié. Ses mains moites glissent sur le guidon, une goutte de sueur perle le long de sa nuque. Arlette est intenable. Intenable ! Et il en est certain, une mauvaise graine donne toujours une mauvaise pousse.

Il fonce sous le ciel lavé de Tunis.

*

La veille, la pluie s'est infiltrée partout. Il a cru sa fille morte, emportée vers le lac qui, dans ces moments-là, vous attrape et vous piège. On ne retrouverait jamais le corps rongé par le sel. Le deuil serait impossible. Le fantôme de la défunte hanterait plusieurs générations de Lacrouts.

À midi, elle est réapparue, déguenillée, sans un mot. Elle s'est assise à table, teint rose et regard brillant de fièvre.

— J'ai soif, a-t-elle seulement articulé, la bouche pâteuse.

C'est trop. Il faudra qu'un jour elle apprenne à rendre des comptes.

Des coulées de boue ravinent et bossellent les rues. Albert tourne à droite, prend un long virage, braque encore, puis s'engage sur la route caillouteuse qui mène de La Manouba au Bardo, un raccourci.

*

En fin d'après-midi, le 9 mars 1945, quand un soldat, visage fermé, se présente au 83 rue du Miel, la fatma pousse un cri strident. Marcelle lâche la casserole d'huile. Le troufion n'a encore rien annoncé mais inutile qu'il en dise plus, inutile, inutile, inutile, répète-t-elle en secouant les mains.

— Albert n'a pas pu me faire ça, pas à moi, ce n'est pas possible.

Les voisines, les oncles et les cousins Gherardi accourent pour soutenir la veuve de trente-cinq ans, mère de quatre enfants. Les gens vont et viennent, apportent des marmites de boulettes, des plateaux de makrouds. Nul ne prête attention à la petite fille attachée au figuier. Elle reste dans le jardin, ligotée, jusqu'à ce que l'humidité de l'aube distende les liens et qu'en forçant sur les attaches, elle parvienne à s'en libérer.

Arlette se traîne jusqu'à la maison. La maman est adossée au mur, la peau des joues boursouflée et les cernes bleus. Elle, si corpulente depuis ses grossesses, flotte dans une robe noire, fantomatique.

— Ah ben t'es revenue, toi ? s'agace-t-elle, comme si elle regrettait sa réapparition. Où tu avais encore disparu ? Ton père s'est tué sur la route.

Les mois suivants, le visage affligé de sa mère s'approche du sien et, dans la nuit, lui chuchote :

— Tu as fini par tuer ton père, Arlette, tu es contente de toi ? Quelle vie on va avoir maintenant, quelle vie, tu es capable de me le dire ?

*

« *Le 9 mars 1945, Albert Lacrouts, suivant les ordres reçus, se rendait à motocyclette au magasin de rechange automobile, caserne de Forgemol, pour y récupérer des bougies destinées à la remise en état d'un blindé. En cours de route, il fit une chute lui occasionnant une fracture du crâne. Transporté à l'hôpital militaire Louis-Vaillard, il y décéda environ deux heures après son arrivée.* »

Je me suis procuré, auprès du Service historique de la Défense, le dossier militaire complet d'Albert Lacrouts, tas de feuilles jaunies par le temps, papier à cigarette, que je manipule avec soin, de crainte que, sous mes doigts, elles ne se déchirent.

« *L'accident qui se produisit, à l'amorce d'un virage, fut vraisemblablement dû à un dérapage car rien n'obstruait la route à cet endroit, la visibilité y était bonne. Mais la chaussée avait subi des dégâts, conséquents à la crue de la veille, et présentait quelques bosses.* »

J'imagine, à son écriture resserrée, que le chef d'escadron complète le formulaire hâtivement et soupire. Il en a perdu, des hommes, hélas ! pendant la campagne d'Italie. Ce n'est pas si vieux, les prises de Pontecorvo et de Pico, la percée des monts Aurunces. Il en a vu crever, des soldats, debout face à la mitraille, mais il n'y a pas de mot pour mourir sans gloire.

« *Coma complet. Fracture ouverte du crâne avec écoulement de matière cérébrale. Fracture de la clavicule gauche et des côtes. Décédé après thérapeutique immédiate, nettoyage des plaies et réchauffement.* »

Le compte-rendu d'hospitalisation exprime la fin tragique. Les mots, crus, me hantent. Je les relis et, sous mes yeux, soudain, apparaissent une salle blanche, un brancard métallique, le corps de mon arrière-grand-père, tordu, scalpé, plein de sang.

Albert Lacrouts est déclaré « mort pour la France », trente et un ans avant ma naissance. Quand j'étais enfant, Arlette murmurait « Papa… » et son récit cessait aux points de suspension. Elle se détournait vers le mur, cherchait son briquet dans la poche de sa blouse et allumait une cigarette.

— Foutez-moi la paix, maintenant !

De lui, ne subsistait qu'un souvenir, sur sa table de chevet, la photographie de son mariage avec Marcelle Gherardi, en 1930. Il fixe l'objectif d'un œil sévère, bouche close. Sa jeune épouse, plus grande que lui, pose de trois quarts. Elle croise les mains sur son épaule, s'appuie de tout son poids, l'enlace de liens invisibles et sacrés qui se rompent brutalement, quinze ans plus tard, sur une route détrempée de Tunis.

Rosie et Lola, ma mère et ma tante – qui est aussi ma marraine, une deuxième petite maman –, refusent de raviver le souvenir d'Arlette, ses frasques et les malheurs qu'elle a provoqués. Elles avancent dans la vie comme si elles n'étaient pas les filles de cette femme, mais d'une autre de leur invention, une mère douce et consensuelle, une mère acceptable, parce que la vérité exige trop d'elles.

Le déni leur permet de vivre, c'est précisément sa fonction. Il me mortifie.

Je porte leurs silences, ces silences qui, au fil des années, ont enflé, obturé le dialogue, et se sont transformés en une violence chagrine dont je ne parviens pas à me défaire.

Je scrute dans la glace les premiers signes de mon vieillissement, cheveux grisonnant sur les tempes, rides sur le front. Je guette les indices, même infimes, qui pourraient trahir mon goût pour les alcools forts, de ceux qu'on avale dans les bars de marins à Belle-Île-en-Mer, pour supporter le déchaînement des tempêtes, les hivers rugueux, en chantant avec Soldat Louis, « Du rhum, des femmes, c'est ça qui rend heureux, que le diable nous emporte, on n'a rien trouvé de mieux ».

Je balance mon poing dans le miroir, Dégage ! Je veux échapper au reflet d'Arlette qui colle au mien et parfois le recouvre entièrement. Je gémis, ne pas devenir comme elle, je sanglote, ne pas finir comme elle, et pourtant je l'ai tant aimée, ma grand-mère.

*

Je quittais, pour quelques jours, parfois les deux mois d'été, la vie monotone de mes parents, en banlieue parisienne, et passais les vacances auprès d'elle.

C'était l'unique concession que faisait mon père à sa belle-famille. Il la regrettait toujours, à quelques kilomètres de l'arrivée, après dix heures de trajet, les embouteillages dans le tunnel de Fourvière et au péage de Lançon-Provence. On se retrouvait de nouveau piégés, à l'entrée de la ville. Début juillet, il faisait si chaud, un cagnard de plomb. On ouvrait en grand les vitres de la Fiat Panda. Les panneaux indiquaient L'Estaque et le Vieux-Port. Au loin, la basilique Notre-Dame de la Garde était posée, dorée, comme une bougie sur un entrelacs de ruelles fauves. La voix de ma mère, soudain plus aiguë, électrisait l'habitacle. Mon père montait le son de l'autoradio, *Les Grosses Têtes*, à fond.

*

Après le dîner, Arlette poussait la table, les chaises, et dépliait le canapé-lit.

— Je me grille une dernière clope et on éteint la lumière, d'accord ma puce ?

Elle allumait une Dunhill rouge, puis une autre dès la première consumée jusqu'au filtre.

— Raconte-moi tes histoires, mamie.

À Tunis, elle tuait les couleuvres d'un jet de pierre, les faisait sécher au soleil avant de les cacher sous les oreillers de ses sœurs Perline et Lucette.

— Allez, faut dormir maintenant.

Du doigt, elle désignait l'étoile du berger, au ras des tuiles orange, sur le toit voisin.

— C'est Vénus visible à l'œil nu. Elle veille sur nous, ma zitouna.

Arlette ne m'appelait jamais par mon prénom. Elle me surnommait « Olive » en arabe tunisien.

— Fais un vœu mais garde-le pour toi, sinon il ne se réalisera pas.

Je faisais le vœu que ma grand-mère soit immortelle.

À la troisième tige, elle fermait les volets, caressait le boxer, posait sur ma tête une longue main aux ongles toujours impeccablement peints en rouge.

— Le vernis, c'est le point d'orgue d'une belle silhouette.

Je fermais les yeux.

— Le rouge Cha-cha, je ne connais pas mieux, ça résiste à tout.

Dans sa bouche, « Cha-cha », c'était Chanel, la boutique de luxe sur le Prado et les vendeuses chics sans accent.

Elle marmonnait ses histoires, les grottes ensablées sous les ruines de Carthage, la cueillette des olives, son institutrice, mademoiselle Perruche, les pièces de Molière et les poèmes de Victor Hugo. Elle récitait, à voix basse, « Murs, ville Et port, Asile De mort », de plus en plus basse, « Mer grise Où brise La brise, Tout dort… » Elle grillait une dernière cigarette. Sa voix devenait inaudible, « Nous n'avons part à la gloire de nos ancêtres qu'autant que nous nous efforçons de leur ressembler… » Elle froissait le paquet vide. Je m'endormais dans les volutes bleutées en me blottissant contre son corps chaud jusqu'au matin.

*

Quand je rentrais de mes vacances aux Trois-Lucs, je racontais à mes camarades que j'étais la petite-fille cachée de la princesse Grace. Même port de tête altier, même chignon élégant, Arlette était au moins aussi belle.

C'était mon secret, ma famille de Monaco, il ne fallait le répéter à personne. Mais je m'interroge. À quoi voulais-je échapper en m'inventant cette filiation royale ? À la réalité de mon ascendance, à ce qui se jouait, à Marseille, sous mes yeux d'enfant ?

Arlette s'accroupit dans un coin de la cuisine. Les femmes remplissent les assiettes et s'épanchent, comme si elle n'était pas là.

S'est pas vu partir, Albert, mort sur le coup. Heureusement, pas sauvé, dans quel état sinon, un légume ? Pauvre Marcelle, débordée par ses enfants.

Une bile acide affleure aux lèvres de la fillette.

Crâne fendu en deux par un caillou de la taille d'un poing. S'en aller comme ça, à la fin de la guerre, disparaître juste après le départ des Boches, le mektoub.

Où est son père désormais ? Se promène-t-il entre les box des coursiers, au haras de Sidi Thabet ? Cherche-t-il des pièces de tanks dans les ruines déblayées de Sfax ?

Elle est trempée de sueur.

A-t-on nettoyé l'huile autour de la bouche

d'Albert avant de l'enrouler dans le linceul ? Elle aurait aimé l'embrasser, lui demander pardon, voir dans ses yeux une dernière fois son amour. Mais seule la maman a le droit de se recueillir devant le corps.

Arlette doute. Est-ce bien lui dans le drap mortuaire ? Ou s'est-il enfui, au guidon de son Indian, vers la métropole ? Et Azraq ? Qui montera désormais le pur-sang de son père sur les hippodromes de Tunisie ?

— Maman ?

Mais sa mère ne lui répond pas. Elle ne répond plus à personne, se plaint que tout est flou et l'éblouit, répète, Je n'y vois rien, et se cogne dans les angles.

— J'ai besoin de lunettes. Il y a bien quelqu'un pour m'acheter des lunettes, non ?

*

Où vont les morts ? Reviennent-ils nous susurrer leur présence, la nuit ? Il faudra qu'Arlette questionne le curé, un dimanche, quand il salue les femmes, sur le parvis de la cathédrale Saint-Vincent-de-Paul, avec un sourire pour chacune et des mots émollients pour les endeuillées.

— Msatteka…

Espèce d'imbécile, grommelle la fatma. Il faut, pour l'enterrement, revêtir une robe longue jusqu'aux chevilles, poser un voile en dentelles sur le chiendent de ses cheveux, couvrir ses épaules. Arlette devra rester sage avec son frère et ses sœurs, ne pas s'enfuir entre les croix blanches.

— Plus jamais faut t'échapper comme ça, plus jamais, habibati, sinon tu finiras par tuer la maman aussi.

Si Marcelle meurt, où iront les quatre enfants ? Chez l'oncle Hannibal Gherardi, aux mains larges comme des raquettes et aux calots noirs enfoncés dans les orbites ? L'oncle qui se ronge les ongles au sang et crache les rognures en vous regardant dans les yeux ? Arlette se mordille la lèvre inférieure. Ne pas pleurer.

*

J'ai retrouvé l'avis de décès publié par Hannibal dans le carnet de *La Dépêche tunisienne*, quelques mots qui laissent imaginer une vie, une sociabilité, dans ce pays à peine sorti de la guerre, et permettent aussi d'embrasser les diverses ramifications de ma famille maternelle, nos origines méditerranéennes.

La procession partira de l'hôpital Louis-Vaillard. Après l'oraison funèbre, on suivra le corbillard par les avenues tunisoises écrasées de chaleur. Il y aura les Lacrouts venus d'Oran, les Gherardi arrivés d'Ajaccio par bateau, le chef d'escadron, les amis du centre sportif équestre et ceux de l'Amicale bouliste francevilloise, pour entourer la mère de famille et les quatre orphelins.

Il faudra rester digne, au cimetière militaire de Gammarth, quand le cercueil d'Albert sera déposé au fond du trou et qu'on y jettera de la terre rocailleuse et quelques iris.

À la mort d'Arlette, au mois de février 2009, Rosie et Lola m'ont retenue par les épaules pour m'empêcher de descendre dans le caveau. J'avais trente-trois ans mais j'appelais « Mamie », d'une voix fluette.

Où était-elle désormais, ma grand-mère ? Se promenait-elle, à notre insu, rue Breteuil, rue Paradis, les bras chargés de paquets ? Elle était parmi nous, je la sentais sous ma peau comme je la sens sous ma peau aujourd'hui encore, prête à surgir, Je vous ai joué un sacré tour, les filles, me revoilà !

Ma mère et sa sœur grimaçaient face à la tombe d'Arlette. Des siamoises.

— Tiens-toi correctement, Olivia.

Elles s'étaient fait teindre les cheveux couleur plumage de corbeau, la veille de l'enterrement, étaient aussi habillées de la même manière : pantalon de flanelle, blazer marine, alors que, d'habitude, au look classique de Rosie s'oppose l'excentricité de Lola, ses minijupes en skaï, ses bustiers pailletés d'or et de grands coups de pinceau, turquoise sur les paupières, cerise poudrée sur les joues.

Ma mère avait marmotté, inaudible, à la sortie du cimetière des Vaudrans :

— Mamie Arlette est enterrée, bon débarras.

Bon débarras ? Je n'avais pas eu le temps d'aboyer, Monstre, tu n'es qu'un monstre ! car ma tante avait posé une main amie sur mon bras.

— Ne le prends pas si mal. Rosie veut juste dire qu'on laisse les morts tranquilles, OK ? Parce que nous aussi, on a besoin de vivre tranquilles. Tranquilles, tu comprends ?

*

Mais moi, tranquille, je ne le suis pas.

Je suis née le 6 mai 1976, dans une clinique de Seine-Saint-Denis, Arlette, le 8 mai 1933, à Carthage. Nous avons toujours fêté nos anniversaires ensemble, penchées sur le gâteau, enlacées. Elle souffle mes bougies, moi, les siennes.

Au moment où j'écris ces lignes, j'ai quarante-trois ans, son âge exact quand je suis venue au monde, qu'elle est devenue ma grand-mère et qu'elle a commencé lentement, très lentement, à sombrer.

*

Comme elle, j'aime les bars, leur ambiance, leur odeur. Je peux rester des heures au comptoir, pinte à la main, à écouter les conversations des piliers.

Comme elle, je bois trop. Je bois trop depuis mon divorce, depuis que je dois en assumer les conséquences – mes enfants une semaine sur deux, les laisser à leur père une semaine sur deux, courir après l'argent. Je distille mon chagrin dans un verre de chartreuse, puis un autre, me recouvre d'une couette, rideaux tirés. Je ferme ma chambre à clé comme Arlette le faisait, autrefois, elle aussi. Je frappais à la porte, Mamie ? La main sur la poignée, je l'implorais, en vain.

Les années se dilatent, les temporalités se confondent. Ce sont mes fils qui, désormais, appellent Maman, insistent Maman, quand je suis allongée, incapable de leur répondre, de m'occuper d'eux, de moi-même, de qui que ce soit.

*

Je pourrais en rire, moquer ce besoin de diluer ma réalité dans l'ivresse. J'aimerais hausser les épaules, m'exclamer que ça me passera comme, avec le temps, se referme la morsure de la tristesse. Mais je dramatise. Sur Google, je tape : « Que veut dire mourir d'alcool ? » L'écran se nimbe d'une brume grise et défilent des mots effrayants, coma éthylique, intoxication alcoolique aiguë, effets du sevrage. Mes paupières papillotent, delirium tremens, mon cerveau s'affole, Gervaise Macquart, je continue. J'apprends que, si l'alcool est éliminé par le foie, il l'est aussi par les poumons, les reins et la peau. Je palpe mes seins, mon ventre, cherche nodules et ganglions.

Mon corps se délabrera, cela prendra des années, comme s'est délabré le corps de ma grand-mère. Les tord-boyaux et le temps finiront par imprimer leur marque sur ma peau impeccable, une marque *irréversible.*

Je ne dors plus, me lève au milieu de la nuit, verre de gin, cachet de Xanax. J'erre dans le noir, me recouche en sueur. Je terminerai comme Arlette, dévastée. Mes fils se détourneront de moi. Je ne pourrai plus travailler. Je perdrai B., mon amour, ma vie.

*

— Désenvoûtez-moi ! commandé-je au magnétiseur que je consulte, au fond d'un vallon de Belle-Île-en-Mer.

Il me reçoit dans une cahute en pierre, entourée de tamaris. Je m'allonge sur la table en bois massif. Il passe un pendule au-dessus de mon corps, murmure des prières occultes. J'ai envie de rire et de pleurer, de m'enfuir en gueulant que je n'y crois pas, que je ne crois en rien, de toute façon.

Il secoue ses boucles grises, plisse les yeux et, après une longue inspiration, s'écrie :

— Mais c'est irrespirable !

Il désigne mon corps, paumes ouvertes.

— Vous êtes deux dans cette carcasse. Je ne peux rien faire pour vous, désolé.

Arlette m'habite comme un dibbouk. Elle veut continuer à vivre ses aventures à travers moi.

Le cimetière de Gammarth, ses allées rectilignes, les casques posés sur des rectangles symétriques à l'endroit de la tête, a été créé en avril 1944 par décret beylical. Ci-gît le soldat inconnu tué lors de la campagne de Tunisie, pour libérer le pays des occupants allemands, comme des centaines de militaires des troupes d'Afrique du Nord, morts dans les batailles consécutives à l'opération Torch.

Je fais défiler des photographies sur Google, en sauvegarde certaines. Les croix blanches alignées dominent le golfe de Tunis, une mer bleu roi.

*

Ce 11 mars 1945, Marcelle Lacrouts grelotte malgré son châle noir brodé de perles. Ses souliers cisaillent la peau fine de son cou-de-pied. Elle clopine, entourée de ses enfants, derrière le corbillard.

— Perte cruelle... Immense douleur... bafouille le curé. Albert Lacrouts, rappelé à Dieu dans la force de l'âge... Un envol précoce... Lui qui venait des terres les plus hostiles de l'Oranie...

En pensée, Arlette s'évade dans la propriété des Lacrouts, près de Sidi Bel Abbès, suit son père entre les orangers, remplit les cagettes vendues sur les marchés de métropole.

— Des pommes d'or qui assurent notre richesse pour plusieurs générations, lui promet Albert.

Elle croque dans une orange, un citron. Le jus coule à la commissure de ses lèvres.

— Celui qui fut votre mari, votre père, votre ami, un soldat dévoué, aimait Lamartine et sa nuit éternelle et tous ces grands poètes qui racontent notre humanité...

Mais au lieu de prononcer « poète », le curé balbutie « pouët ». Une secousse traverse Arlette. « Pouët pouët », fait le camion, « Pouët pouët », la trompette. Elle éclate de rire. L'oncle Hannibal la fusille du regard. Elle se cache le visage entre les mains.

— Il y a, en chacun de nous, un besoin de lumière et de vérité... Nous disons adieu à un soldat dûment récompensé par une médaille pour ses bienfaits dans nos colonies.

Les youyous des pleureuses fendent le silence.

— Recevez Albert Lacrouts à la table de votre royaume, Seigneur…

Les hommes déposent le cercueil qui décoche un bruit mat en touchant la terre. Arlette arrache son voile, relève sa robe. Une force invisible la pousse dans la fosse.

— Sors de là, papa !

Elle s'allonge à plat ventre, tambourine.

Les hommes bondissent. Elle s'accroche aux poignées du cercueil. Ils la remontent de force.

Marcelle est tombée à genoux. Sa bouche ouverte, sans un cri, forme un cratère. Elle se tient la tête entre les mains. Ses yeux dont on ne voit plus que le blanc sont tournés vers le ciel.

— Ça suffit ! Tu ne bouges plus, la nièce.

Hannibal enserre l'épaule d'Arlette.

Derrière une croix, dans le carré des morts de la Grande Guerre, un jockey, casaque amarante et toque assortie, lui fait signe. Mais un filet d'urine trempe le lin de sa robe et ses sandales, elle ne peut pas le rejoindre. De grands cormorans fondent vers la mer. Elle grimpe sur leur dos, file, ventre contre les plumes, enlaçant leur cou soyeux.

La maman est prostrée devant la tombe. Elle étale la terre grège sur son visage.

— Marcelle ! Ressaisis-toi ! Il faut trouver un mari à la petite, un mari qui soit pour elle plus qu'un mari, qui soit aussi un père.

Et avec sa poigne, l'oncle Hannibal fait le geste de visser. Tous, autour de l'endeuillée et de ses enfants, hochent la tête.

*

Après l'enterrement d'Albert Lacrouts, chacun rentre chez soi, à Bab El Assel, Ajaccio et Sidi Bel Abbès. Marcelle s'attend à voir réapparaître son mari derrière le rideau de perles, son casque à la main. La nuit, elle se recroqueville sur le matelas à la place où persiste la forme trapue de son corps. Elle s'endort quelques minutes, se réveille en sursaut. La flamme de la lampe tremblote, un livre tombe sur la tranche et s'ouvre, comme un éventail, « Sait-on quel fil nous lie au firmament ? » L'ombre d'Albert vacille sur les murs blancs de la chambre conjugale.

Une lame effilée s'enfonce dans son foie. Ne l'oublie pas car ne meurent que ceux que l'on oublie, murmure sa douleur.

Elle ne quitte plus ses lunettes rondes, des loupes fixées sur son nez. Elle est seule, désormais, face à ses quatre enfants, sans mots pour combler le vide qui s'est installé entre eux.

*

— Zid ? demande la fatma, louche pleine à la main.

Mais personne n'en réclame plus. Arlette avale des lamelles de fenouil, un morceau de kesra, recrache. Elle se couche, respire le fumet acide des habits de son père qu'elle a cachés sous son oreiller.

Elle ne bouge plus, malgré le feu sous sa peau, l'envie de fouiller la laisse de mer en quête de coquillages, de trésors diaprés. Elle ne désire plus lire, la nuit, quand tout le monde dort, ni s'enfuir, avant le premier appel à la prière du muezzin, vers ses grottes secrètes.

Elle reste sage pour ne plus entendre la maman hurler, Vous finirez par me tuer, vous quatre ! Les cheveux ambrés, démêlés à l'huile d'olive, peau terreuse et yeux creux, Arlette gît sur sa couche, dans des robes immaculées, repassées par la fatma.

En février 2009, quelques heures après avoir constaté le décès de leur mère, Rosie et Lola avaient téléphoné au notaire qui conseille notre famille.

— « Le mort saisit le vif », avait-il expliqué.

Arlette s'était relevée, maquillée, vêtue de la robe en velours fuchsia qu'elles avaient choisie dans l'armoire, aux Trois-Lucs. Elle s'était extraite du tiroir où son corps était entreposé dans l'attente des obsèques, avait longé les murs du funérarium de la rue Saint-Pierre et la quatre-voies pour rejoindre la maison de Lola, à la Pointe-Rouge. Elle venait étreindre ses filles une dernière fois, Mes pauvres petites, que voulez-vous, mon cœur a lâché.

— « Le mort saisit le vif »... C'est l'expression consacrée, mesdames, avait précisé l'homme de loi comme s'il avait perçu, à distance, les pensées morbides des deux sœurs. Je veux simplement dire que les biens du défunt passent automatiquement à ses héritiers vivants, selon l'article 724 du code civil. Cette expression juridique trouve son origine dans la sentence « Le roi est mort, vive le roi ! » prononcée pour la première fois lors des funérailles de Charles VIII à la fin du XVe siècle.

Au bout du fil, ma mère acquiesçait d'un hum exaspéré. Où voulait-il en venir avec ses histoires ?

— La loi française ne fait qu'appliquer le principe héréditaire de la Couronne.

Elles bénéficiaient d'un délai de trois mois pour savoir s'il y avait des bijoux au coffre, de l'argent sur le compte courant. Il fallait réaliser un bilan patrimonial, il s'en chargerait.

Sa tête contre celle de Lola, Rosie collait son oreille au combiné.

La plupart des gens voulaient savoir. S'ils soupçonnaient des arriérés, ils souhaitaient en connaître l'ampleur réelle. Symboliquement, pour le bien-être de toute la famille, ça valait la peine de les régler.

— Mais enfin, maître, avait interrompu ma mère, vous connaissez notre situation !

— Une succession est toujours empreinte d'affect, mesdames…

— Mais il n'y a pas d'argent ! s'était-elle affolée. Alors comment voulez-vous qu'il y ait de l'affect ?

Il avait rétorqué sur un ton sucré :

— La plupart des gens s'honorent à accepter une succession déficitaire car hériter permet de s'inscrire dans une lignée.

— Que les choses soient bien claires, maître : nous ne sommes pas ces gens.

Lola hochait la tête. Elle était toujours d'accord avec sa sœur, plus instruite, plus douée, qu'elle ne pensait l'être. Rosie avait six ans de plus qu'elle. Elle avait fait son lycée à Chevreul, établissement catholique réputé de Marseille, et des études de lettres, à Paris, certes abrégées par sa première grossesse et ma naissance, mais des études de lettres tout de même.

Lola le trouvait pénible, ce notaire, avec ses mots ronflants, Charles Je-ne-sais-pas-combien et ses mises en garde. Il n'était pas le fils de leur mère, lui. Il ne portait pas sur les épaules le poids de l'exil et de la perte. Il ne savait rien de Tunis, rien de Marseille, rien de la famille Ravalli, ni de leur vie aux Trois-Lucs.

Elles avaient raccroché et sauté dans la R5 de ma tante, à tombeau ouvert sur le Prado, à contresens dans les allées, s'étaient garées devant les marches du tribunal d'instance.

Debout dans un couloir, les deux sœurs avaient rempli un formulaire sur fond gris, écrit scrupuleusement en lettres capitales dans les petites cases. Elles l'avaient signé et remis à la greffière, avec l'acte de décès d'Arlette.

*

Dans la foulée, Rosie et Lola avaient dénoncé le bail de l'appartement des Trois-Lucs et fait disparaître toute trace de leur mère, les souvenirs de Sauveur, mon grand-père, et bien sûr les affaires de Jojo.

Elles avaient déposé des cartons pleins de tailleurs Chanel, de robes Balenciaga, de salomés bicolores, sur le trottoir, s'étaient débarrassées d'une valise Samsonite où étaient conservés de vieux courriers et des clichés sépia.

Au milieu de ce bazar se trouvaient les lettres que j'avais envoyées à ma grand-mère. Je lui parlais de mes amours et de mon travail, de ces douleurs au ventre qui empoisonnaient mon quotidien de jeune femme. Les médecins n'y trouvaient aucune cause physiologique, me conseillaient le yoga, un divan, du magnésium.

Arlette me répondait par une carte – toujours la même – sur laquelle était inscrite, en surimpression dorée, cette formule incantatoire : « Par le pouvoir de sainte Rita, la sainte de l'impossible ! » Rita de Cascia affichait une mine pâlotte, couronne de lumière au-dessus de la tête. Au dos, ma grand-mère avait griffonné quelques mots, « Cesse de t'inquiéter pour tout et pense à faire la fête ».

*

Pendant quarante-cinq ans, Arlette avait déambulé dans les traverses des Trois-Lucs. Elle s'asseyait sur la terrasse ombragée du bar-tabac Les Pins, commandait un ballon de blanc, passait son index au fond du verre pour lécher la dernière goutte.

— Tu mettras ça sur ma note, Diego ! lançait-elle au patron, en partant.

Mais avant même que Rosie ne m'apprenne son décès, il ne restait déjà plus rien d'elle au 15 route des Trois-Lucs. Tout avait été récupéré, à l'aube, par des gitans. Tout avait disparu.

*

En refusant l'héritage de leur mère, Rosie et Lola sectionnaient la branche qui les rattachait à elle, cette branche qui me reliait, moi aussi, à Arlette et sur laquelle, enfant, j'aimais tant me balancer.

Si on ne peut hériter, que transmettra-t-on ? Mes fils sont encore petits. Mais comment une histoire familiale tissée de dénis et de refus ne leur pèserait-elle pas autant qu'elle me pèse et m'entrave ?

Il y a tant de choses que j'ignore et fantasme, tues ou murmurées, une main sur la bouche, en prenant garde à ce que les enfants – moi, mon frère – n'entendent pas. Écrire sur Arlette, l'imaginer vivante près de moi, lui poser mes dernières questions, n'est-ce pas lever un coin du voile et, par cet interstice, me sauver ? Je persiste.

L'oncle Hannibal ouvre la porte d'un coup de pied, demande à la fatma de le servir, Plus de semoule, Rajoute de la harissa et un morceau de mérou. Il critique la poussière, le filet gras sur la table.

— Ça part complètement à vau-l'eau, ici, la poupouche !

La veuve Lacrouts est redevenue une fille Gherardi placée sous la coupe de son frère aîné. Il la surnomme de nouveau la poupouche, comme lorsqu'elle était enfant, la poupouche entre les mains de qui tout se cassait, déclarée immariable.

L'oncle fait ses calculs sur des bouts de papier, additionne la pension de veuve de guerre et les bourses des enfants, « pupilles de la Nation », retranche les charges.

Des pommes d'or, de la richesse de sa belle-famille, en Algérie, la maman ne touchera rien.

Elle a envoyé des courriers, réclamé un ou deux mandats. Sans réponse.

En partant, Hannibal dépose quelques billets sur la table. Malgré l'argent de son frère aîné, elle ne s'en sort pas.

Marcelle congédie la fatma, cède ses colliers à un bijoutier de la médina. Puis, au voisin le plus offrant, elle vend la maison de la rue du Miel, les murs empreints de souvenirs, ses ongles enfoncés dans les bras de la doula, la mort en embuscade, au pied du lit, le sang étoilé sur les draps, et la silhouette aimée d'Albert qui se penche sur le berceau, murmure « Cinq sur toi ! » en écartant les doigts de la main au-dessus du nouveau-né pour le protéger du mauvais œil.

Quand le chef d'escadron propose à la maman de tenir le mess des officiers à Forgemol, contre une maigre rémunération et le prêt d'un appartement au sein de la caserne, elle accepte sans réfléchir.

*

Les charrettes à bras et les malles sont entreposées dans le jardin en attendant les déménageurs arabes. Marcelle leur a donné rendez-vous à l'aube. Mais à midi, les hommes ne sont toujours pas là.

Albert prétendait que les autorités françaises avaient repris les choses en main, tu parles. Depuis la fin de la guerre, à Tunis, les Arabes pillent le souk, dévalisent les boulangeries. Les blessés des mines de sel traînent dans les rues, leurs yeux mangés de mouches. Des ombres faméliques, des enfants, émergent des ruelles de la médina, au petit matin, hantent les places, se castagnent pour une piécette, un morceau de pain. Et voilà que, sur les kiosques, s'affichent en lettres rouges les titres inquiétants des journaux : « Tentative insurrectionnelle dans l'Est de l'Algérie, à Sétif et Guelma ».

Marcelle tourne en rond dans la maison vide quand mademoiselle Perruche pousse le portail. L'institutrice avale un mot sur deux. Arlette, elle n'a qu'Arlette à la bouche, ses prédispositions, sa mémoire hors norme, Arlette qui lit un poème une fois et s'en souvient par cœur.

— Nul doute sur l'éclat de son parcours scolaire à venir…

Marcelle se frotte les tempes. Que lui raconte-t-elle, cette demoiselle bien mise dans sa robe à col Claudine grise, boutonnée jusqu'au cou alors qu'il fait quarante degrés ?

— Les poètes, ça ne vous fait pas manger ! lui rétorque-t-elle.

L'institutrice veut convaincre la mère de famille que sa fille doit passer le certificat d'études, aller au lycée, qu'elle peut devenir un jour professeure, avocate ou médecin.

— Professeure, avocate ou médecin ? répète Marcelle en écarquillant les yeux.

Sa fille s'évapore dans la nature, se nourrit d'asperges sauvages et de chardons-Marie. Mais mademoiselle Perruche insiste, doigts croisés sur la poitrine : Arlette est sa meilleure élève.

— Je n'ai plus les moyens, moi.

— C'est du gâchis, madame Lacrouts.

Elle ne va pas lui faire la morale ? Que connaît-elle de la vie, cette Perruche ? Une lame, à nouveau, s'enfonce dans son foie. Marcelle s'assoit, tordue en deux, et, du menton, désigne la porte.

Les déménageurs ne sont toujours pas là.

Elle fouille les malles, déballe ce qu'elle a rangé quelques jours plus tôt, trouve les livres, des dizaines de livres qu'elle empile dans un chariot et balance sous la porte du Miel, avec les ordures.

Lorsque Rosie a appris que le père de mes fils avait acheté une moto, qu'il partait en virée, certains week-ends, sur de grosses cylindrées, elle s'est mise à gémir de manière incontrôlable.

— L'éternel retour du même ! Comme Albert, il va se tuer sur la route et te laisser seule avec tes enfants.

Sous la menace brandie par ma mère, le doigt d'un Dieu peu amène désigne nos destins de femmes et nous afflige de génération en génération. Le sort lugubre des Atrides n'est que le reflet outrancier du nôtre. Sommes-nous donc incapables de nous libérer des spectres familiaux qui persistent dans nos vies ?

*

La malédiction prend parfois des détours inattendus.

Le père de mes fils ne s'est pas tué sur la route.

Mais nous avons divorcé. Comme de nombreuses femmes, comme Marcelle Lacrouts, des décennies avant moi, je connais les affres du tête-à-tête avec mes enfants petits, le poids de la responsabilité, l'épuisement.

La convention de divorce m'enjoint à veiller à « leur bon développement et la protection de leur santé, leur sécurité et leur moralité ». Cette phrase est limpide, mais leur « moralité » ? Ce dernier mot me précipite dans un puits. J'ouvre le dictionnaire. Morale, moralisme, moralité… Il me faut leur transmettre « l'ensemble des règles d'action et des valeurs qui fonctionnent comme normes dans la société ».

« N'oubliez jamais que ce qu'il y a d'encombrant dans la morale, c'est que c'est toujours la morale des autres », clame Léo Ferré dans un disque intitulé *Il n'y a plus rien* qu'à cette période j'écoute en boucle pour épointer mon désespoir.

*

Lélette, Alouette, Scarlett, Starlette, la Mistinguette… J'égrène tous les surnoms d'Arlette, Henriette, Germaine Santucci, veuve Ravalli, née Lacrouts, le 8 mai 1933, à Tunis, décédée à Marseille, le 17 février 2009.

Je feuillette le livret de famille, établi par le

consulat de France, au début des années cinquante, dans la Tunisie sous protectorat. Les dernières pages délivrent des conseils de puériculture qu'elle a soulignés d'un trait sec : « *La mortalité infantile est considérable [...] C'est en été que les diarrhées font le plus de ravages [...] La mère doit nourrir son enfant, c'est pour elle un devoir impérieux.* »

— Ouais ben moi, je n'ai pas allaité mes filles, se vantait-elle.

Je m'en souviens tandis que je suis de l'index son coup de crayon sur la feuille. Elle agitait *Le Provençal* de la veille, en éventail près de ses joues, et renchérissait :

— Je n'étais pas faite pour ça, ça faisait mal aux seins, et de toute façon je n'avais aucune patience.

Arlette voulait reprendre son travail à la Compagnie du Gaz et des Eaux, à Tunis, retrouver une taille fine pour enfiler ses robes cintrées et se déhancher dans les bals. Sur la plage de La Marsa et dans les grandes villas blanches, à colonnades, des amis de Sauveur, Arlette décoiffait son chignon et jetait ses sandales sous la table pour danser et chanter, « Ah la danse atomique ! T'as qu'à Ra Boum Dié ! » Elle éclatait de rire, toutes dents dehors. On ne voyait qu'elle, on n'entendait qu'elle. Les hommes affectaient le désintérêt ; les femmes tordaient la bouche.

Quand il fallait rentrer, elle ne retrouvait plus ses souliers. Sauveur la portait jusqu'à la Buick. Elle posait ses pieds sur le tableau de bord. La peau de ses cuisses collait au cuir de la banquette. La voiture traversait Le Kram et La Goulette. À travers les vitres ouvertes, Arlette humait le parfum jasminé d'une nuit qu'elle croyait éternelle.

Qu'aurait-elle pensé de moi, qui ai allaité mes deux fils pendant un an et demi, moi qui ai pleuré quand ils se sont détournés de mon sein ? Ma petite-fille, elle a toujours un gosse pendu aux mamelles, aurait-elle raillé, elle ferait mieux de profiter de la vie. Ou peut-être aurait-elle applaudi, qui sait ? Tu as réussi là où j'ai échoué, ma zitouna, merci mon Dieu.

*

Avide d'une révélation, je scrute les dates, les lieux, inscrits d'une plume hésitante par un officier d'état civil, là-bas, en Afrique du Nord, et ici, dans les Bouches-du-Rhône. J'utilise la fonction loupe de mon smartphone, fais des captures d'écran. J'imprime.

Les deux mariages de ma grand-mère, 1951, 1996, les naissances de ses filles, 1954, 1960, son acte de naissance et son certificat de décès… À quoi se résume une vie entière ? À quelques feuillets mal conservés ? Où se niche, exactement, la vérité d'une femme ?

D'elle, il me reste un foulard bleu Versace, une bouteille vide de son parfum, Jicky de Guerlain, et ce cliché sépia, conservé dans un cadre rouge : la vingtaine resplendissante, chignon laqué, bustier soulignant le galbe de sa poitrine, Arlette trône sur la cheminée de mon salon. Mais je ne sais presque rien d'elle, quelques dates, mes souvenirs d'enfance.

Je fouille ma mémoire, gratte le passé. Mais comment l'attraper, elle qui ne s'est jamais laissé attraper par personne ?

C'est fini, les poèmes de Rimbaud, les tirades de Racine. Ma grand-mère ne va plus à l'école. Elle reste seule face à la souffrance de Marcelle, dans l'appartement de Forgemol, récure le sol, fait bouillir le linge de la famille avant de l'étendre au soleil.

Arlette déchire l'unique livre de la maison, *Je sais cuisiner* de Ginette Mathiot, refuse d'éplucher les légumes pour le repas.

— Tu crois quoi, maman ? Que tu vas m'enfermer dans une cage de verre avec un bon petit mari ? Personne ne me mettra jamais en prison.

*

Les pupilles de la Nation bénéficient de postes réservés dans l'administration française et les établissements publics, avec un traitement crédité du « tiers colonial » comme tous les fonctionnaires du Protectorat – mieux payés qu'en métropole.

Marcelle prend rendez-vous à la direction des travaux publics, à l'office postal et celui du commerce. Elle vante la force de travail d'Arlette puis baisse la tête et sanglote sous la voilette.

— Aidez-moi, la guerre, mon mari mort en service commandé, quatre enfants à nourrir.

Le chef de bureau se lève, la pousse vers la porte, il enverra un courrier. Tous les matins, elle ouvre la boîte avec espoir, interpelle le facteur. Alors ? Alors rien.

De nouveau, Arlette disparaît. Au milieu de la nuit, elle traverse la caserne, badaude, en espadrilles et chemise de nuit, pendant des heures.

Elle a volé quelques billets dans le tablier de la maman, monte dans une calèche vers Sidi Thabet. Le long du haras, elle écoute la respiration des chevaux, leurs ébrouements nocturnes, hume l'odeur de crottin. Le pur-sang de son père se couvrait de gouttelettes pendant la course, ses muscles saillaient sous la brillance après quelques tours de piste. Où est Azraq désormais ?

Arlette grimpe vers le cimetière de Gammarth. Les chemins s'étirent, secs et pierreux. Les feuilles argentées des oliviers frémissent. Des lézards détalent, une vipère. Elle pousse le portail et, devant la croix, récite des poèmes à voix basse. Le bateau ivre, chahuté, sans maître à bord, c'est elle.

— C'est moi, papa, annonce-t-elle en frappant quelques coups sur la tombe.

Elle réapparaît à Forgemol, ongles noirs, de la terre plein les cheveux. Marcelle l'attrape par le bras.

— Comment tu veux qui j'y arrive avec toi ?

Mais de ses trois filles, Arlette est la plus belle. Elle a pris du côté Lacrouts, une noblesse dans le port de tête, peau ivoire, nez retroussé dont les ailes palpitent dès qu'elle parle, des dents parfaites.

*

À quinze ans, ma grand-mère est embauchée comme téléphoniste à la Compagnie du Gaz et des Eaux. Ses sœurs Lucette et Perline sont devenues sténodactylos. Son frère Henri a été embauché comme cariste au port commercial de Tunis.

Désormais, tous les matins, Arlette trace un trait de khôl sur ses paupières, revêt les robes de son aînée et déambule, dans les rues du centre-ville, habillée comme une dame.

— Allô, oui, j'écoute... Je vous mets en relation...

Elle répète les mêmes mots, harnachée d'un micro en forme d'entonnoir, module sa voix. Elle garde secrets les appels quotidiens d'une jeune femme qui veut joindre le chef de bureau, un homme marié, note leurs rendez-vous galants, chambre bleue au Majestic, songe aux faïences de la salle de bains, aux dorures, mais n'a aucune idée de ce qu'ils font, l'un avec l'autre, en plein après-midi.

Sur le bristol, l'écriture se compose de lettres juxtaposées, sans aucune faute d'orthographe.

Pour la récompenser de sa discrétion, son supérieur lui offre une prime mensuelle, et la gâte – portefeuille en crocodile, foulard Hermès qu'elle noue en bandeau autour de ses cheveux quand, le week-end, elle part se baigner à Carthage avec ses sœurs.

*

Au mess, les officiers viennent autant pour l'apéritif que pour la demoiselle du téléphone qui relaie sa mère, certains soirs, derrière le zinc. Arlette débouche une bouteille de Boukha Bokobsa, respire les vapeurs sucrées de cet alcool de figue, y trempe un sucre et le suçote comme un bonbon. Elle tousse en tirant sur sa première cigarette.

Ici, les cartes claquent sur les tables. Les hommes fument des Marlboro et chantent, « C'est nous les Africains qui revenons de loin ! Nous venons des colonies pour sauver la patrie ! »

Ils déblatèrent des histoires égrillardes, comparent les maisons closes de la rue Zarkoun où, pour cinq francs tunisiens, les clients peuvent coucher avec de petits Arabes de douze, treize ans, et ceux où ils trouvent encore des fillettes vierges. Un jeune homme attrape Arlette par les épaules, lui vole un baiser, haleine anisée, main lourde sur l'épaule.

*

Les années passent sans Albert. Le temps estompe la tourmente, gomme les images de l'Indian qui dérape, le cauchemar du corps mutilé qui se relève, sur la route de La Manouba au Bardo, et la pourchasse, les mains tendues, Ma fille !

Certains jours, Arlette oublie son père.

— Fini.

C'était au mois de février 2009. « Mum » s'était affiché sur l'écran de mon téléphone. J'étais assise dans un café, à Paris, je venais de terminer une interview – mais de qui ? Impossible de m'en souvenir – quand mon mobile à clapet avait vibré sur la table.

— Fini, redisait ma mère d'une voix méconnaissable, sans ses modulations habituelles.

J'avais envie de raccrocher, de courir vers l'arrêt de bus.

— Tu m'écoutes, Olivia ?

Je ne voulais rien savoir.

— Mamie, c'est fini.

Un 45 tours chuintait, un tambour roulait et Hervé Vilard clamait « Nous n'irons plus jamais ». Aux paroles de Rosie se superposaient celles de la chanson, « Capri c'est fini », et la vision de l'île italienne dans la brume, en hiver. Arlette en connaissait les paroles par cœur. Avec Sauveur, épaule contre épaule, sous la tonnelle, ils se balançaient :

— La Tunisie, c'est fini, c'était le pays de notre premier amour… Je ne crois pas que nous y retournerons un jour…

— Olivia ?

Je me tenais au bord d'un précipice, les doigts crochetés à la table.

— Il faut que tu viennes à Marseille, répétait ma mère, que tu viennes tout de suite.

*

— Donnez-moi de la TNT ! Vous vendez de la TNT, n'est-ce pas ?

La pharmacienne de la gare de Lyon avait croisé les bras sur le comptoir.

— Que vous arrive-t-il, mademoiselle ? Expliquez-moi.

Une bête ensauvageait mon crâne.

— Vous voulez une lotion antipoux ?

J'avais acquiescé, il fallait que je me traite.

— Vous confondez sans doute la marque Pouxit avec l'abréviation du trinitrotoluène.

— C'est ça.

— Mais c'est peut-être le choc ? Je peux vous

proposer des gélules de passiflore ou vous inviter à vous rapprocher de votre généraliste.

J'avais payé et m'étais enfuie vers le quai. Assise dans un « carré familial », pieds posés sur le fauteuil devant moi, j'avais serré le flacon entre mes mains durant les trois heures de trajet.

*

Derrière les tentatives de mon père pour nous protéger, mon frère et moi, du tapage des Ravalli, il y avait des secrets. Une pelote compacte de secrets, c'était certain.

Il nous tenait à bonne distance de cette Babel, à la table des Trois-Lucs, où se mélangeaient le sicilien, le corse et l'arabe tunisien, et des insultes dans un français de peu de mots, dès qu'ils entamaient le deuxième cubi de Listel. Ma grand-mère ôtait l'opercule pour extraire le robinet en plastique, le pincer entre pouce et index, et faire couler le liquide dans son verre à moutarde. La tête penchée en arrière, les yeux fixés sur le lustre couleur corail, elle récitait à mi-voix des poèmes de Baudelaire, « Il est l'heure de s'enivrer ! Pour n'être pas les esclaves martyrisés du Temps », tandis que Jojo et Sauveur, bras dessus bras dessous, tonitruaient « Il est des nôtres ».

Leur vacarme traversait parfois le téléphone. Mon père arrachait le combiné des mains de ma mère.

— Ça suffit avec vos manières de manouches, Rosie, je n'ai pas envie que nos enfants fréquentent des voyous.

Planait une menace, mais que voulait-il dire exactement ? J'ouvrais mon dictionnaire des synonymes à la lettre V, voyou, gangster, nervi, loubard, bandit…

Parfois, il interdisait à Rosie de décrocher, débranchait le répondeur automatique, quand, à l'heure du dîner, le téléphone mural sonnait tant et plus, et que les Ravalli, à Marseille, tenaient à s'inviter à la table des Elkaim, en banlieue parisienne.

*

Sur la vitre de mon TGV se rejouait le western familial en CinémaScope. Je poussais le volume dans mes écouteurs, Eminem à fond.

« *I'm sorry mama, I never meant to hurt you, I never meant to make you cry, but tonight I'm cleaning out my closet…* »

À la gare Saint-Charles, Rosie et Lola m'attendaient au bout du quai F – F comme famille et F comme foutraque, n'avais-je pu m'empêcher de penser en avançant vers elles à petits pas.

*

Ces jours-ci, alors qu'habituellement je travaille en silence, je repasse en boucle la chanson d'Eminem. Le rappeur américain demande pardon à sa mère, il ne veut pas la blesser, mais *sorry*, il a besoin de vider son sac.

Rosie à qui je parle de mes recherches se prend la tête entre les mains, invoque une fois de plus la malédiction, non celle, mystérieuse et inquiétante, qui pèse sur notre lignée de femmes, mais celle d'avoir un écrivain dans la famille et, de surcroît, de l'avoir engendré.

Je suis devenue journaliste pour interroger, interroger sans relâche, et tenter de comprendre le monde qui m'entoure. Mais mon métier ne m'est d'aucune utilité pour en savoir davantage sur Arlette. À mes questions s'opposent le mutisme de Rosie et de Lola, les visages impavides des grand-tantes siciliennes, les sœurs de mon grand-père Sauveur. Ces vieilles dames, les dernières *zie* vivantes, me cuisinent la pasta alla siracusana. Mais elles n'ont rien à révéler sur celle qu'elles désignent aujourd'hui encore comme « la Mistinguette ». Elles m'opposent le respect pour les morts et se taisent.

Je m'affaisse contre ce mur de silence.

C'est un soir comme tous les soirs d'été, à Tunis, d'une chaleur écrasante et humide, qui ne cède pas, même lorsque la nuit tombe, et qui rend les hommes fous. Au mess, les soldats s'agacent.

— T'étais où, toi, quand on se faisait massacrer sur le Garigliano ?

Ils se défient d'un regard, balancent leurs cartes et se jettent les uns contre les autres.

Arlette porte une robe coquelicot évasée, ongles et bouche peints de la même couleur écarlate. Lorsqu'elle apparaît, les militaires se taisent. Puis des sifflets, des olé ! et des applaudissements l'accompagnent jusqu'au comptoir.

La jeune fille les toise, sort un miroir de poche, un tube de rouge, applique une couche, se passe la langue sur les dents pour éliminer les résidus.

*

D'habitude, quand Sauveur Ravalli prend un jour de congé, il part en bord de mer, à Dermèche, chez ses sœurs. Elles servent le repas sous les ficus, montent le son de la radio, « *Ba ba baciami piccina…* » Ils ne sont jamais moins de quinze à table, frères, cousins, amis qui passent sans prévenir.

Trop de bruit ! Sauveur enfile un maillot de bain et fait la planche, yeux fermés, ouverts sur le bleu du ciel, fermés, fermés. Une larme coule au coin de l'œil gauche, une goutte qui pourrait le submerger, alors il plonge. Il rouvre les yeux sous l'eau, ventre contre sable. Des oblades grises filent entre ses bras. Il émerge. Tout va bien.

Mais ce jour-là, il reste rue de Corinthe – des papiers à classer, besoin d'être seul. Il sifflote sur le balcon qui domine le quartier du Passage, fume en observant la foule, en contrebas, les ombrelles déployées et les salacots beiges.

Quand il se décide à sortir, il presse une goutte de citron dans ses yeux noirs pour leur donner de l'éclat. Dans le rétroviseur de la Buick, il ajuste le col de sa chemise, démarre.

*

Mon grand-père passe la porte du mess, s'arrête une minute dans l'embrasure, auréolé de gloire.

De mars 1943 à octobre 1945, le canonnier Sauveur Ravalli a participé aux campagnes d'Algérie, d'Italie, de France et d'Allemagne, affecté au 65e régiment d'artillerie d'Afrique, dans une unité combattante.

Il ne m'en a jamais parlé. Je découvre ses hauts faits sur une attestation des services accomplis, dont j'ai demandé copie aux archives de la Défense.

Les officiers admirent sa bravoure, comme je l'admire post mortem. Dans la cantine, nul n'ignore les pertes humaines lors du franchissement du Rhin, soldats couchés au fond des canots, ceux au gouvernail, tirés comme des lapins de garenne. Les embarcations, proies des flammes, décrivaient des cercles fous. Sous un feu nourri, Sauveur fonçait, pied sur le champignon. Les copains se vidaient de leur sang sur les berges. Il faisait nuit. Leurs derniers mots étaient baignés de peur, maman, leur dernier souffle, maman.

Le Rhin n'est pas la Loire avec ses longues plages de sable. Son accès, bordé de perrés hauts de cinq mètres, est périlleux. Sauveur encordait les cadavres, les remontait. La longe en chanvre cisaillait ses paumes. Sainte Marie mère de Dieu…

Merde de Dieu… Il enroulait les soldats dans une couverture et les ramenait au camp. Puis il repartait, merde de Dieu, ça canardait dans tous les sens. Contre les ordres de ses chefs, il fonçait pour que soient rapatriés les corps à leur famille, en Tunisie. Que là-bas on puisse faire le deuil d'un fils, d'un fiancé.

L'été 1945, à Huningue, Sauveur avait reçu la croix de guerre et refusé d'arroser sa récompense car, la nuit, désormais, il se faisait équarrir. Il recomptait les morts sur les berges, revoyait les rouleaux d'eau verte mêlée de cette teinte garance, menaçant de les emporter.

En rentrant à Tunis, quelques mois plus tard, il avait été embauché par la Résidence générale de France. Ce Ravalli était un type à qui on pouvait faire confiance, recommandé en haut lieu, un as du volant. Il avait transporté le résident nommé par Paris pour raffermir l'autorité ébranlée de la métropole après l'occupation allemande, puis été reconduit auprès de son successeur.

Gants blancs sur le volant, revolver au ceinturon, il sourit au rétroviseur. Il est bien payé. Avec ses économies, il a acheté l'appartement de la rue de Corinthe, en centre-ville, et la bicoque de Dermèche pour ses sœurs, face à la mer.

Il veut croire l'effroi de la guerre derrière lui. Si ce n'est la larme qui file, au coin de son œil, quand il nage, tout va bien, pas de quoi se plaindre. Il aurait pu ne jamais revenir d'Allemagne.

*

Ses camarades lui tapent dans le dos et le surnomment Raf Vallone comme l'acteur italien à qui il ressemble – même peau bistre, cheveux plantés dru, regard noir souligné par des sourcils fournis.

— Qu'est-ce que je vous sers ?

Il lève les yeux vers la bouche coquelicot. Autour de lui, les braillards s'échauffent. Mais il ne les entend plus.

— Qu'est-ce que je vous sers ?

Son corps se meut au ralenti, dans un silence ouaté. Il scrute les joues encore poupines, les yeux rieurs, le visage laiteux dans un halo de lumière.

— Qu'est-ce que je vous sers ?

Il voudrait répondre mais aucun son ne franchit sa gorge.

— On vous a coupé la langue à vous ou quoi ?

Elle a quel âge ? Quinze, seize ans ?

Il en a dix de plus.

Au mois de mars 2020, le monde entier se met en quarantaine. Arlette revient et agite ma mémoire, perturbe mon sommeil, m'oblige à quitter, en pleine nuit, le lit et le corps chaud de B.

D'outre-tombe, ma grand-mère m'apostrophe.

— Zitouna, tu n'as quand même pas oublié que nous sommes du même sang ?

Je sors, ensommeillée, dans le jardin, à la recherche de l'étoile du berger.

Tout est calme et dépeuplé dans le village où vit B. Plus aucune voiture ne passe par la route forestière qui, en contrebas de sa maison, traverse les paysages vallonnés de la Mayenne.

Je passe mes journées enfermée, dans un état de prostration, lis *L'Odyssée* dans unc édition ancienne. L'épisode des Lotophages m'arrête. Cette peuplade imaginée par Homère mange une plante aux propriétés lénitives – le lotos – dont se gorgent aussi les marins affamés d'Ulysse.

« Or, sitôt que l'un d'eux goûte à ces fruits de miel, il ne veut plus rentrer ni donner de nouvelles. »

Je corne l'ouvrage, quitte le fauteuil à oreilles, déambule dans le jardin, troublée. Selon certains historiens, l'île des Lotophages se situerait en Tunisie. Je ne connais rien des trois guerres puniques, rien de l'histoire contemporaine ni de la géographie de ce pays dont est pourtant originaire toute ma famille maternelle.

Semblable aux marins d'Ulysse, biberonnée au lotos, j'ai oublié qui je suis, d'où je viens et où je vais.

*

— Mum, je veux que tu me parles de mamie.

J'insiste pour lui rendre visite chez elle, en banlieue parisienne, où elle est confinée. Mais elle s'effraie de la flambée des contaminations, passe ses journées devant les chaînes d'information en continu, s'endort, masquée, à côté de mon père, masqué lui aussi, en visionnant des séries.

Ma mère dérive, comme nous dérivons tous, collectivement, pendant ces semaines suspendues entre la maladie et la mort.

— Pourquoi remuer ces vieilles histoires ?

Avec Lola, nous jetons tout. Nous n'avons pas la culture des archives, tu ne trouveras rien.

Le silence se déploie dans le haut-parleur de mon téléphone. Sur l'écran est incrustée une photographie de Rosie en noir et blanc. Elle a dix-huit ans, de longs cheveux roux retenus par un bandeau. Elle vient de rencontrer mon père. Elle va se marier, effacer le nom de Ravalli, devenir pour toujours une Elkaim, adopter la culture et la religion juives. Elle va surtout quitter l'enfer des Trois-Lucs, l'enfer de ses parents, comme elle me l'a confié un jour.

— Ta grand-mère faisait des histoires pour tout, ne fais pas comme elle, me supplie-t-elle. Il faut se réinventer, Olivia, ne jamais regarder derrière soi.

*

Mais je ne veux pas lâcher le fil ténu qui me relie à Arlette.

Service central d'état civil à Nantes, celui des « successions et sépultures militaires », archives d'outre-mer, à Aix-en-Provence, de *La Dépêche tunisienne*, du *Provençal*… Je cherche pendant des mois, tous azimuts – quête compliquée par la crise sanitaire, les délais allongés, le personnel manquant.

J'ouvre des comptes sur les sites de généalogie MyHeritage et Ancestry – les bien nommés – dans l'espoir de retrouver de lointains parents et, par ce biais, d'obtenir des informations.

Je dessine une arborescence, remplis les noms, les dates de naissance et de décès quand je les connais.

Marcelle Lacrouts, née Gherardi, dite « la maman », et Albert Lacrouts, de qui sont nés Lucette, ma grand-mère Arlette, les jumeaux Perline et Henri.

Emmanuela Ravalli, née Bellassaï, dite « la nonna », et Rosario Ravalli, de qui sont nés Sauveur, ses cinq frères et ses cinq sœurs.

Arlette Ravalli, née Lacrouts, et Sauveur Ravalli, de qui sont nées Rosie et Lola.

Les enfants de Lola, mon frère, moi.

Nos enfants et, un jour, les enfants de nos enfants.

Les ascendants au haut de la feuille écrasent les descendants, les vivants, nous, enfoncés plus bas que terre, comme si nous étions les racines, que nos aïeux étaient les branches vers le ciel, dans un étrange renversement.

Le passé me submerge. Les noms de mes ancêtres me permettent de deviner une silhouette familière, une carnation. Leurs lieux de naissance convoquent des paysages méridionaux, l'odeur du basilic, la suavité des figuiers.

Je trace une forme oblongue censée représenter la Méditerranée, des lignes bleues, vertes, pour figurer les déplacements, des croix rouges pour les points de départ et d'arrivée. Au début du XXe siècle, mes aïeux fuient le Sud de la Sicile, la Corse, Malte, des terres dévastées par la famine. Ils embarquent, sans un sou, sur des coques de noix, vers l'Afrique du Nord, leur Eldorado, faisant le trajet inverse de ceux qu'on appelle « migrants » aujourd'hui.

Je suis la première de tous à naître en France, peut-être même serai-je la première de tous à naître et mourir dans le même pays, la première de tous à ne pas être forcée de quitter ma terre natale, à un moment ou à un autre.

Pourtant, rien n'est jamais certain. Les voyages, même les plus courts, me plongent dans une agitation folle. Je vis comme si je devais m'en aller, dès demain. Je ne possède rien, très peu de vêtements, pas de meubles, aucun bibelot, juste des livres. Je n'aurai rien à emporter le cas échéant, rien à perdre.

Je rassemble des pièces éparses mais j'ai besoin, intensément besoin, que quelqu'un me parle.

Sont-ils donc tous morts, ceux qui festoyaient à la table de mes grands-parents quand j'étais une enfant ?

*

Me revient, en passant devant une épicerie de spécialités italiennes, quelques mois plus tard, le patronyme de Gigi et Jacky, originaire de la province de Ferrare et qu'on trouve dans la communauté italienne installée en Tunisie, dès le début du xxe siècle.

Les amis de mes grands-parents étaient de toutes leurs fiestas, à Tunis. Ils les ont suivis à Marseille. Arlette et Sauveur, Gigi et Jacky, deux couples aux destins étrangement entremêlés.

Ils avaient une fille de l'âge de Lola. Je crée un compte Facebook et, magie des réseaux sociaux, je la trouve en quelques clics. Mais est-ce leur descendante ou une homonyme ? J'envoie un court message signé « Olivia, la petite-fille d'Arlette, te souviens-tu ? », une bouteille à la mer.

Sauveur a des aventures avec des femmes mariées qu'il rencontre dans les bals de la Résidence de France.

Dans la pénombre, il déshabille les corps, en jouit. Il s'endort, repu, son sexe dans la main. Mais un sang laqueux se répand sur les draps. Les bombardements ont repris d'une rive vers l'autre. Les dépouilles des sapeurs et des pontonniers flottent, écrasées par des godillots boueux. On lui gueule de rejoindre la France, C'est un ordre, Raf Vallone ! Une main l'agrippe, le retient et gémit, Encore !

Une porte claque. Il sursaute, palpe ses bras, ses jambes. Il caresse les cheveux ondulés sur l'oreiller près de lui. Une blonde, une brune, jamais la même.

*

Sauveur revient presque tous les jours au mess.

Des sourires, des « Bonjour madame Lacrouts » en baisant le dos de sa main : il séduit la mère pour bavarder avec la fille, parfois l'emmener en promenade et lui payer un granité au citron vert.

— Sauveur, c'est ton vrai prénom ? lui demande Arlette.

Plus personne ne l'appelle Salvatore. En acquérant la nationalité française, au début des années trente, la nonna et Rosario ont francisé les prénoms de leurs onze enfants. Il était plus aisé d'être français dans la Tunisie sous protectorat. L'administration coloniale vous donnait du travail, un logement dans les immeubles modernes du centre-ville de Tunis.

Les Italiens n'inspiraient que de la méfiance après avoir accueilli les Allemands à bras ouverts en novembre 1942. Ses parents avaient offert du pain et de la tomme de brebis aux occupants pendant que trois de leurs fils combattaient pour la France.

— Est-ce qu'on est responsable des bêtises que font nos ancêtres ?

Certaines familles avaient vendu leurs bijoux pour soutenir le Duce et envoyé leurs garçons aux Jeunesses mussoliniennes. C'était le cas de son copain Gigi, bras droit levé, brassard noir, qui avait chanté son espoir que les forces de l'Axe chassent les Français hors de Tunisie.

— J'aurais pu le tuer mais c'est devenu mon meilleur ami !

Gigi avait réussi à faire oublier son passé de fasciste, une vie dissolue, à écumer les bringues pour séduire les filles des Prépondérants, leur arracher un peu d'argent, des heures câlines. Un tour de passe-passe et il s'était fait embaucher comme mécanicien, à la Résidence générale de France.

*

Arlette n'a rien à voir avec les femmes qu'il a ramenées dans son lit. Elle est intense, indéchiffrable. Elle lui échappe, tout en méandres, et ça lui plaît.

La maman fronce les sourcils, fait non de la tête, non de ses mains nerveuses devant le visage, même si elle l'apprécie, ce Sauveur Ravalli.

— Tu ne crois quand même pas que je vais te donner la main de ma fille alors qu'elle n'a que seize ans ?

Quelques semaines avant de mourir, Arlette avait pris rendez-vous avec le curé de l'église Sainte-Rita, en contrebas des Trois-Lucs.

— Je ne comprends pas, madame Santucci, vous n'avez pas l'air si malade ? s'était-il étonné. Pourquoi un tel empressement ?

Il prononçait « santussi ».

— On dit « Santoutche », monsieur l'abbé, sans prononcer le *i*, c'est comme ça, à Calenzana.

Elle exigeait qu'on prononce correctement le nom corse de son second mari. Santussi, Santussi, il continuait en ignorant ses remarques, cela donnait à Arlette envie de se lever et de claquer la porte. Mais elle tenait à ce qu'il consigne ses volontés, que ses obsèques lui ressemblent, que Rosie et Lola ne décident pas à sa place des textes et des musiques.

— La doctoresse m'a demandé de faire des examens complémentaires.

Des analyses sanguines avaient révélé une chute des plaquettes doublée d'une hausse des globules blancs. Elle la sentait venir, la Camarde. Sans sourciller, le curé avait noté les dernières volontés de ma grand-mère.

— Je me fais le garant de vos exigences, avait-il conclu.

— Ce sera grandiose, promis ?

Il avait hoché la tête avec compassion. Elle avait glissé un billet de cent euros sur la table.

— Ma contribution au denier du culte. Priez pour moi, mon père, et pour la zitouna aussi, vous savez comme je l'aime, ma petite-fille ! Priez pour que sa vie soit plus belle que la mienne.

Elle était repartie en trottinant. Elle refusait la canne, le déambulateur. Quand je lui rendais visite, à la fin de sa vie, elle agrippait mon bras. Nous avancions à son rythme indolent. En mon absence, elle se tenait aux murets, une main sur la pierre, une autre à plat contre son dos courbé. Elle s'asseyait sur les parapets, soupirait. De sous la poitrine, son cœur voulait s'échapper.

Croix de guerre épinglée au revers de sa veste, Sauveur s'assoit face à Hannibal.

— Une famille corse n'acceptera jamais qu'un Sicilien épouse l'une de nos filles, commence l'oncle en mâchouillant un bâton de réglisse. Et puis il n'y a pas de dot. La poupouche est pauvre.

Mon grand-père écrase les feuilles de menthe dans son verre aux entrelacs dorés, y jette un morceau de sucre. Des pignons flottent sur la surface verdâtre, embarcations sans tête, fumée noire, ténèbres vivantes qui l'empoignent... Il se ressaisit, fixe l'homme.

— Je ne viens pas pour l'argent, monsieur Gherardi. J'ai une bonne situation.

De la poche de sa veste, il sort une feuille sur laquelle il a inscrit le montant de son traitement. Il la glisse sur la table.

— Permettez que je ne vous parle pas de mes sentiments pour Arlette.

Hannibal s'esclaffe. Les sentiments, cette effroyable invention des romanciers.

— Et vos parents, monsieur Ravalli, que disent-ils de tout ça ?

— J'ai vingt-huit ans, tous mes frères et sœurs sont mariés. Au regard de mon âge et de mon statut, ils ne commentent pas.

Sauveur ne parle pas de Pont-du-Fahs où il est né, de la ferme aux murs en torchis, à Djebel Oust, dans laquelle il a grandi – une seule pièce, le sol en terre battue. Il tait la vie misérable des parents Ravalli, Rosario le chevrier, la nonna à la peau fripée comme une figue sèche.

Il raconte son histoire comme si elle avait commencé dans le courant de l'automne 1945, quand il est rentré à Tunis, après avoir passé les derniers mois de la guerre à Huningue, puis à Tuttlingen.

Hannibal crache le bâton de réglisse.

— Mais vous êtes sûr de vous ? Sûr de vos « sentiments » et que vous voulez faire un mariage d'amour ?

Les filles Lacrouts, quand même, ce sont de sacrées dévergondées ! Pour Arlette, l'oncle ne peut rien garantir, ni la moralité, ni la virginité.

— Vous savez où vous mettez les pieds, monsieur Ravalli ? Ça branle dans le manche, ici, depuis la mort de mon beau-frère.

Derrière la porte, ma grand-mère relève sa jupe, tripote entre ses cuisses. Que sont, au juste, les sentiments, l'amour ? Des palpitations dans le cœur, une maladie qui épaissit le sang ? Elle interroge le christ au-dessus du chambranle. L'amour ? Mystère.

— Je n'ai qu'une seule exigence, avance Sauveur.

Arlette acquiesce en silence. Elle acceptera n'importe quoi pour échapper à la maman, à l'oncle, à l'atmosphère confinée de la caserne de Forgemol.

— Si vous m'accordez la main de votre nièce, je souhaite qu'à l'avenir elle ne porte plus que des chaussures plates. Vous comprenez, n'est-ce pas, un homme dépassé par sa femme…

L'oncle applaudit.

*

En ce début novembre 1951, Arlette veut arracher la robe en sergé blanc, la longue traîne, et se jeter nue dans la Medjerda. Mais elle sourit aux invités. Chevelure calamistrée, même sourcil circonflexe que Scarlett O'Hara, elle avance dans la cathédrale Saint-Vincent-de-Paul, d'une allure impériale, vers mon grand-père.

Une fête est donnée le soir dans les jardins de la Résidence de France. Arlette croit épouser un gars de la haute. De Sauveur Ravalli, elle ne perçoit que Raf Vallone, les costumes impeccables, la Buick et l'appartement moderne de la rue de Corinthe.

Elle admire son reflet dans les prunelles brillantes de son mari, chantonne « Al-Sabbou Tafdhahouhou Ouyounou », « L'amoureux est trahi par ses yeux », avec le vibrato d'Oum Kalthoum. Elle songe à sa chance, aux grands sentiments, à la liberté… Enfin, la liberté ! Enfin, la dolce vita, pour toujours !

Ma grand-mère comprend-elle qu'en se mariant avec lui, elle épouse aussi son clan, ses cinq sœurs, ses cinq frères, la nonna et le vieux Rosario à qui on s'adresse en baissant le regard et en disant « *lei* » ? Perçoit-elle, derrière le masque de l'homme raffiné, celui dont la colère abrase les mots, le rustre aux mains de paysan ?

Moi, je les observe, soixante-dix ans plus tard. Ils surgissent des papiers d'identité, du livret de famille, vivants, sous mes yeux. Je sais qu'il y a méprise. J'ai envie de crier à la jeune femme de dix-huit ans, Choisis un autre homme, mamie, tu fais fausse route ! Je veux la détourner de son destin, lui éviter le pire, tout ce qui vient.

C'est par la volonté d'Arlette que nous avons pénétré dans l'église Sainte-Rita, ce jour de février 2009, guidés par la voix de Dalida dans les haut-parleurs – Dalida, « Italienne de naissance égyptienne », venue au monde la même année que ma grand-mère et dont les tubes se transmettent, chez nous, de femme en femme.

Nous avancions derrière le cercueil couvert de roses rouges entêtantes, la chanteuse roucoulait, « Que m'importe si tu m'aimes moins que moi… » Le curé avait baissé progressivement le son et pris la parole.

— Qui de nous ne connaît des défaillances qui nous font tomber sur le chemin ?

L'assemblée se raclait la gorge.

J'avais marché comme un automate jusqu'à l'autel.

— Mamie a demandé que je dise quelques mots, alors voilà.

Des bêtes grouillaient sur mon crâne. La veille de l'enterrement, Lola avait méticuleusement appliqué de la mayonnaise sur mon cuir chevelu, recouvert ensuite de film alimentaire, prétendant que cette méthode de grand-mère était plus efficace que le Pouxit. Je continuais à me gratter tant et plus.

Les cousins, les vieilles *zie* siciliennes, Gigi et Jacky... Tous étaient éparpillés sur les bancs. Du fond de l'église, des marlous m'observaient, des types à la figure grêlée, des paumés du bar des Pins, des Rudolph Valentino en costume sombre, doigts tatoués et chargés de bagues.

Je balayais cette assemblée hétéroclite du regard et, soudain, je l'avais repéré. Il était dans la travée latérale, enfoncé dans une chaise roulante, une infirmière à ses côtés. Ses richelieus vernis rouge et noir tranchaient avec son pantalon de jogging. Jojo. Jojo Santucci sous mes yeux, invisible, sous nos yeux à tous, invisible, que personne n'avait salué mais qui était là bien sûr, pour elle.

*

Quand j'étais petite, après avoir joué dans la piscine gonflable, je rejoignais les adultes sous la tonnelle. Je grimpais sur les genoux de Jojo et l'interrogeais :

— Pourquoi t'as pas de femme, toi ?

Sauveur se levait de table et disparaissait dans son poulailler.

— Aï, aï, sifflait-il en jetant du grain aux gallinacées, aï, aï.

Il sortait sa carabine et, de la dernière terrasse du jardin, tirait sur les pigeons en leur criant :

— Vos gueules !

Jojo affichait une face de poker, muscles du visage détendus, aucune émotion. Arlette écrasait sa cigarette dans le cendrier Ricard, en allumait une autre.

— Ma zitouna…

Mon père se tassait au fond de la chaise en plastique. Il aurait voulu être en vacances absolument partout sauf ici. On ne me répondait pas. J'insistais.

— Mais pourquoi Jojo, il est pas marié ?

Ma mère finissait par réagir avec un débit de mitraillette.

— C'est un vieux garçon. Il est seul, sans famille.

Fin de la conversation. Je le prenais en pitié, ce Jojo pauvre et délaissé. Les Ravalli l'avaient recueilli. Il avait vu grandir Lola et Rosie, les avait gâtées, avant d'être témoin de mariage de mes parents, parrain de mon frère. Il figurait sur tous les clichés de famille, Noël, les anniversaires.

J'étais perdue dans mes pensées, de retour dans le jardin à terrasses, derrière le trois-pièces de mes grands-parents, ce jardin auquel on accédait par un escalier en pierres et un portail en fer forgé. C'était le début des années quatre-vingt, je jouais sur la balançoire, traînais parmi les poules et les oies, cueillais des tomates cerises avec Sauveur pour la sauce de la pasta.

— Olivia ?

Le curé s'impatientait.

— Toutes les familles se fabriquent des versions officielles, des versions qui collent rarement à la vérité. La mienne n'y échappe pas.

D'un bond, Rosie s'était précipitée vers l'autel, les bras en avant, et m'avait poussée.

— On était une famille de braques, avait-elle murmuré entre ses dents, une famille tuyau de poêle… Tu ne vas quand même pas raconter ça ? Pas aujourd'hui !

Pas aujourd'hui ? Mais quand alors ? Elle me faisait si peur, ma mère, avec ses yeux limpides soudain devenus noirs. À trente-trois ans, je continuais à craindre sa colère. Je me disais que ce n'était pas normal qu'elle me fasse si peur.

— Va t'asseoir !

Elle aurait pu me gifler dans cette église si je ne m'étais pas exécutée sur-le-champ. Un bruissement avait parcouru l'assemblée. Cancre ! Pouilleuse ! Je m'étais rassise. Ce n'était pas normal, non, mais qu'est-ce qui l'était ? Qu'est-ce qui ne l'était pas ?

Personne ne voulait entendre ma version de l'histoire.

*

Le jour de l'enterrement, dans l'église Sainte-Rita, Rosie avait pris le micro et prononcé un discours à ma place. Elle avait parlé d'une inconnue. Arlette déambulait dans les rues d'une ville, de l'autre côté de la Méditerranée, qui n'existait plus depuis cinquante ans, où toutes les femmes avant moi étaient nées, et où je n'étais jamais allée.

« *Come prima*, tu me donnes tant de joie », Dalida chantait dans les haut-parleurs de l'église pour raccompagner le cercueil vers le corbillard. « Et je reste prisonnière, prisonnière de tes bras. »

Arlette et Sauveur font l'amour. Une intimité folle se crée entre eux dès leur voyage de noces, dans la cabine de première classe du *Kairouan*. Elle le renifle, le mordille, s'imagine dans un sous-bois – tapis de fougères, odeur de musc – et se cambre.

À l'hôtel Regina, ils fument des cigarettes au lit, boivent un café, fenêtre de leur chambre grande ouverte sur le tumulte de Paris. Le goût de la nicotine se mélange à celui de l'arabica sur leurs langues.

En rentrant à Tunis, la veille de Noël 1951, mes grands-parents louent un rang entier au théâtre municipal. Avec Gigi et Jacky, ils assistent à tous les spectacles. Dans les programmes qu'Arlette conserve sur sa coiffeuse, elle scrute les visages des actrices, prend des poses, main derrière la tête, récite.

— « Vous, qui vous plaisez aux folles passions, qu'allument dans vos cœurs les vaines fictions... »

Son corps vibre, habité de personnages aux destins brisés par la raison d'État.

Ils s'étourdissent dans les bals de la Résidence de France. Sous le kiosque du jardin tropical, l'orchestre joue les premières notes de *La Cumparsita*. Elle glisse son cou-de-pied sur le mollet de son mari. Il la renverse et la guide sur la piste.

Raf Vallone et Scarlett O'Hara tournoient sous les dattiers.

Avec son maintien de reine et ses toilettes haute couture, papillons de tulle et barrettes dorées dans les cheveux, Arlette fait oublier à tous qu'elle n'est que l'épouse du chauffeur.

*

Le 13 janvier 1952, au port de Bizerte, la fanfare militaire joue *La Marseillaise*. Jean de Hautecloque, nouveau représentant du gouvernement français, salue la foule, puis grimpe à l'arrière de la Buick décapotable.

En fouillant sur Internet, je déniche une photographie en noir et blanc de cette parade. Sur l'avenue de France, les balcons sont pavoisés de drapeaux tricolores. Hautecloque se tient debout. Il a l'air du chef obstiné dont il a la réputation. Au volant, un peu flou : mon grand-père.

Cette nomination consacre la victoire des jusqu'au-boutistes, de ceux qui exigent une consolidation de la présence française, contre les Arabes qui manifestent en faveur de l'Indépendance, les militants du Néo-Destour et les communistes.

— Eux, ils veulent l'abolition du Protectorat, et puis quoi encore ? s'exclame Gigi. Les doigts poisseux d'huile de vidange, il rajuste le pantalon sur ses fesses. Avec le tranchant de sa main droite, il remonte des phalanges à son épaule gauche.

— On leur donne ça aux Arabes et ils exigent ça.

— Hautecloque va nous mettre de l'ordre dans ce bazar, assure Sauveur.

*

De fait, depuis qu'il a pris ses fonctions, le nouveau résident a fait emprisonner Habib Bourguiba et cent cinquante militants du Néo-Destour, et jeter les « agitateurs » dans des camps d'internement.

Le pays s'embrase : la Légion étrangère pille les villages du cap Bon. Un journaliste de

L'Observateur rapporte des exécutions sommaires, balles tirées à bout portant dans les nuques des hommes, femmes violées en masse et laissées pour mortes, leur sang se mêlant à la terre et au sperme de la soldatesque sur leurs cuisses lacérées, et des nouveau-nés enterrés vivants sous les yeux de leurs mères.

Œil pour œil, la réplique ne se fait pas attendre : plusieurs attentats ciblent des familles européennes – Français, Italiens, Maltais sans distinction. Les fellaghas tirent dans le dos des paysans qui travaillent aux champs, pénètrent dans les fermes, de nuit, et les égorgent dans leur sommeil.

*

Sauveur veut remonter le fil du temps, quand personne ne remettait en question l'ordre des choses – la Tunisie, c'est la France, pas exactement autant que les départements d'Algérie, mais une petite France douce sous un soleil éternel.

Désormais, on s'affole, on ne parle plus que de ces combattants de l'intérieur qui se dissimulent dans le maquis, capables de scier le cou des Européens, d'énucléer les yeux des gosses.

Sur la banquette arrière, Hautecloque devise en épluchant *Le Figaro* et *Tunisie-France*.

— Les Arabes ne voient pas ce qu'on leur a apporté, les hôpitaux, les écoles, la technique et les Lumières... Maintenant ils veulent qu'on dégage... Nous ne pouvons pas perdre nos colonies les unes après les autres. Sauveur, vous m'écoutez ?

Mais mon grand-père a garé la voiture sur la corniche de La Marsa. Il contemple l'horizon. Il a besoin de ce ciel et de cet air chaud chargé de sel qui dépose une fine pellicule humide sur la peau. Il est né ici, a grandi ici. Il ne se voit pas vivre et mourir ailleurs qu'ici.

— C'était le Moyen Âge avant que nous arrivions, continue Hautecloque, rien ne s'est fait grâce aux beys, ce sont des incapables, mais sous notre influence à nous, humaine et tolérante.

Sauveur s'en convainc : les Arabes ne les mettront jamais, jamais, dehors.

*

Certains dimanches, Hautecloque demande à son chauffeur de le conduire à Montplaisir, faubourg malfamé de Tunis, à bord d'une Peugeot 203 blanche maculée de boue – les Buick attirent trop le regard –, il veut rester discret.

Le haut fonctionnaire fait monter des petites frappes de la même allure que Gigi, blouson de cuir élimé aux coudes, taches de graisse sur le marcel, à qui Sauveur ne donnerait jamais le bon Dieu. L'homme chuchote sur la banquette arrière avant de conclure :

— Seule l'annihilation de Fahrat Hached nous permettra de rétablir l'ordre. L'an-ni-hi-la-tion, répète-t-il en détachant les syllabes.

Les types hochent la tête, descendent et disparaissent dans un bouge.

*

Fahrat Hached, leader de la centrale syndicale musulmane, figure de la résistance à la présence coloniale, est assassiné quelques mois plus tard en sortant de son domicile, d'une balle dans la tempe. Suivent d'autres meurtres qui étêtent la sédition.

*

Sauveur exécute les ordres sans se poser de questions, petit fonctionnaire qui aime son travail, l'argent qu'il gagne et les concerts privés dans le jardin de la Résidence, ces avantages qui lui confèrent un statut social enviable.

Et quoi ? Démissionner ? Je songe à Jacques Pâris de Bollardière, un des soldats français les plus décorés de la Seconde Guerre mondiale, seul officier en fonction à dénoncer l'usage de la torture pendant la guerre d'Algérie, paradigme de la désobéissance. Je rêve d'un héros dans ma famille, d'un grand-père qui n'est pas le mien, je m'égare. Car le mien ferme les yeux, se bouche les oreilles. Comment lui qui a été si courageux à la fin de la guerre, soldat médaillé pour de hauts faits, lui que mon frère et moi avons tant aimé, peut-il avoir été aveugle à ce qui se jouait sous ses yeux, à Tunis, au cours inexorable de l'Histoire ?

N'est-ce qu'une affaire de petits avantages médiocres ? Pour le remercier de sa discrétion, Hautecloque lui offre des malles où s'entassent les tenues que son épouse n'a enfilées qu'une seule fois – robe corolle de Dior et tailleurs semi-ajustés de Balenciaga. Arlette les fait reprendre à sa taille par leur domestique libyenne, avant de les arborer dans les soirées comme si elle les portait depuis toujours.

Jacky m'apparaît, un matin, dans l'encadrement de la porte de sa maison à colombages, dans un village des Yvelines. C'est une vieille dame de presque quatre-vingt-dix ans, élégante – robe de soie lilas, chignon blanc tenu par un filet de danseuse.

Arlette aurait le même âge qu'elle. Sans retirer mon manteau, je me précipite dans ses bras. Nous restons ainsi, quelques minutes, enlacées, comme j'aurais étreint ma grand-mère après une longue absence.

*

Elle débouche une bouteille de champagne, sort un plateau de petits-fours. Mais moi, je ne mange pas, ne bois rien, je l'écoute. Elle parle de ma grand-mère, de leur jeunesse, à Tunis, balayée par les « événements », puis de leur vie à Marseille.

— De la survie… Parce que personne ne nous

attendait. Le moindre acte du quotidien est soudain devenu insurmontable, prendre le bus, consulter un médecin… L'exil, c'est très grave, Olivia. Ça percute les individus, nous, toi, sur plusieurs générations, ça fait mal, ça perdure. Que veux-tu ? On choisit pas de partir, hein, ça nous tombe dessus. On réagit comme on peut. On se laisse aller. Comme ma Lélette, on finit par tomber malade.

Nul besoin de lui poser les questions scrupuleusement inscrites sur une fiche bristol – les mêmes que j'avais préparées pour les vieilles *zie* siciliennes, mais restées sans réponse. Jacky me dévoile des événements intimes – inconnus de moi – qui me permettent, plus que les livres d'histoire, de comprendre le destin singulier de ma grand-mère.

— On s'est débrouillés comme on a pu avec le peu qu'on avait… On faisait la fête, on chantait, on buvait, ça nous évitait de penser.

Je l'enregistre pour pouvoir la réécouter, plus tard, et tenter de saisir ce que racontent ses silences, ses soupirs, ses tics de langage – Jacky ponctue ses phrases de « que veux-tu ? », moins une interrogation sur ce que je pourrais vouloir que l'expression d'une fatalité.

Oui, je la réécouterai quand il me faudra

imaginer le monde englouti de mes grands-parents, ces décennies qui ont précédé ma naissance.

— Arlette n'était pas seulement d'une grande beauté, elle était libre, bien plus libre que moi, que la plupart des femmes, à l'époque. Cela fascinait ton grand-père, sa liberté. Dommage, tellement dommage, que toute cette affaire se soit si mal terminée.

*

Il fait nuit quand je la quitte. Jacky s'approche de moi, attrape mon menton entre ses doigts.

— C'est fou ce que tu me fais penser à elle… Elle aurait tant aimé écrire, elle aussi. Si elle avait pu choisir le même métier que toi, ça l'aurait aidée à affronter ce bazar dans nos existences minuscules.

Aujourd'hui, et pour la première fois, la femme qui se superpose à mon reflet ne m'apparaît plus vieille et ravagée. Elle a vingt ans. Elle est amoureuse. Elle rit en renversant la tête en arrière. L'Histoire n'a pas encore dévié le cours de sa vie.

Arlette avale son chardonnay d'une traite. Les loupiotes tournoient, ses muscles s'alanguissent. Elle se ressert.

Ce que se racontent les hommes dans le salon l'intéresse bien plus que les conversations légères avec Jacky sur la terrasse de l'appartement de la rue de Corinthe. Sur le front plissé de son mari, dans ses gestes plus brusques que d'habitude, elle perçoit un péril.

— Faut arrêter avec ce simulacre de souveraineté laissée au bey ! Pourquoi ne pas imposer un alignement sur le régime d'Alger, faire de la Tunisie un ou deux départements ? La France, Sauveur, la France de Dunkerque au Grand Erg oriental !

Gigi tape du plat de la main sur l'accoudoir.

— Les Américains ne se sont pas embarrassés de leurs Indiens. On aurait dû tous les tuer, les Arabes ! Maintenant, ils brandissent nos valeurs à tout bout de champ. L'universalisme et patin-couffin. On va se faire baiser !

Sauveur renchérit.

— Moi, je ne tourne jamais le dos à un Arabe, sinon je sais qu'il va en profiter pour me planter une dague entre les reins.

Gigi sort de la poche intérieure de sa veste un tract sur lequel une main de fatma est dessinée à l'encre vermeille – le logo de l'organisation de la Main rouge tenue par les ultras de la colonisation.

— On ne va pas attendre qu'on nous impose l'indépendance… Faut prendre les armes, amico.

Gigi tapote le tract. Le rouge dégouline sur la feuille. Il coulera sur le front des combattants, répandra une odeur ferrugineuse impossible à oublier, une odeur qui encrasse le cerveau. Sait-il cela, Gigi ?

— Fais ce que tu veux, toi… Moi, je ne peux pas…

Sauveur croise les mains sur ses genoux, scrute le bout de ses mocassins. Il n'a plus vingt ans, plus le même courage aveugle, et elle est là, dans sa vie. Depuis le balcon, Arlette lui fait un clin d'œil.

— Fais ce que tu veux, toi… En cas de pépin, tu pourras toujours compter sur moi.

*

Jusqu'au milieu de la nuit, Arlette questionne Sauveur :

— Vous vous racontiez quoi ?

— Des histoires d'hommes.

Mais croit-il qu'elle ne lit pas les journaux ? L'interdiction du Néo-Destour, les affrontements à Mateur, les deux mille manifestants qui ont pris d'assaut la caserne de gendarmerie... Des rougeurs apparaissent sur son buste.

— Ton Hautecloque, il est arc-bouté sur la civilisation française mais il y a eu tellement d'humiliations qu'on le paiera... On le paiera parce qu'on est complices de tout ça.

— Tu es devenue communiste ou quoi ?

— Qu'est-ce qu'on va devenir ? chevrote-t-elle. On est fonctionnaires et, en tant que fonctionnaires, on a une cible collée au milieu du front.

Elle se tape la paume entre les yeux.

— Tu as peur, Lélette ?

— Je ne sais pas ce que c'est, la peur...

Dans un demi-sommeil, elle lui interdit de mourir. Sous la coupe de quel homme tomberait-elle ? De Rosario, son beau-père ? D'un de ses beaux-frères ? Elle préférerait se jeter d'une falaise dans les gorges de Selja.

Sauveur soupire. Arlette exagère. Gigi exagère, lui aussi. Tout finira par s'arranger.

*

Hautecloque est remplacé. Sauveur conduit désormais Pierre Voizard chargé par Paris d'assurer la sécurité des colons tout en prenant en compte les aspirations des nationalistes. Il fait libérer les prisonniers, adoucit les conditions de détention de Bourguiba, de l'équilibrisme.

Arlette fête ses vingt ans entourée d'une trentaine d'amis. Mais les mots entremêlés des hommes, en sourdine, gâchent son anniversaire. Le nouveau résident général marche sur des œufs… Les Arabes vont lui faire la peau… Les objectifs de Paris sont illisibles, d'un côté donner, reprendre de l'autre.

Sauveur claque des doigts, les lumières s'éteignent, on se tait. Les serveurs apportent un fraisier surmonté de fontaines scintillantes. Il offre à ma grand-mère une paire de jumelles de poche repliables dans un étui gainé rouge, de la marque Crystar – un objet que j'ai retrouvé sur un site de commerce en ligne. Je l'ouvre, le referme, le glisse dans mon sac à main quand je vais au théâtre. Comme elle, je scrute au plus près les émotions sur les visages des comédiens, ma poitrine se soulève, je mordille mes lèvres. Comme elle, je vibre.

Mes grands-parents continuent de voir des spectacles, plusieurs soirs par semaine. Mais Arlette réclame de rentrer, dès les lumières rallumées. Son visage a pris une teinte crémeuse. Ses hanches se sont élargies. Elle est enceinte de leur premier enfant.

Rosie a un mois quand Arlette pousse son landau dans les allées du cimetière militaire de Gammarth. Elle retire la moustiquaire, soulève le nourrisson. Neuf ans jour pour jour après l'accident de moto, elle présente son enfant à la croix ornée du nom d'Albert Lacrouts.

— Voilà la petite, papa.

Mais la maman, ce n'est pas elle, Arlette, c'est Marcelle, Marcelle engoncée dans des tabliers noirs à l'odeur d'oignons frits. La veuve a tellement grossi, ces dernières années, que ses fesses débordent du tabouret.

Ma grand-mère ne songe qu'à reconquérir son corps et sa liberté, pour ne jamais ressembler à la maman, pliée en deux, qui chique un tabac au goût de caramel pour calmer ses douleurs hépatiques.

*

Après le baptême à la primatiale de Carthage, elle prévient mon grand-père qu'elle ne veut plus d'enfants.

C'était pourtant doux, cette cérémonie, une réussite, ce déjeuner, le gigot de sept heures, le pessac-léognan. On a bien ri, les sœurs de Sauveur ont dansé un peu. Et tous ces cadeaux, la médaille de baptême, le minuscule burnous pour les sorties à la plage.

Mais Arlette ressasse le sang sur les murs, le visage de la sage-femme et les mains fouissant son ventre, les mots effrayants, Le bébé se présente en siège, son corps figé dans une douleur ineffable.

Sauveur veut un fils à qui il transmettra le goût de la terre, des baignades et ses tours de magie.

*

Ils tournoient sur la piste de l'Oiseau bleu, en ressortent à l'aube. Sur la plage d'Amilcar, Arlette pose sa tête sur l'épaule de Sauveur et s'endort.

Depuis son accouchement, elle ne somnole qu'une heure ou deux. Toute la nuit, elle déambule dans la pénombre, se cogne aux meubles. Un miroir se brise, son reflet se fragmente. Quand elle croise Marcelle dans le couloir, au milieu de la nuit, le bébé sur l'épaule, elle vocifère.

— Mais qu'est-ce que tu fais là, toi ?

Elle oublie que sa mère a quitté la caserne et, désormais, habite avec eux, lave les langes, berce Rosie.

Sur la plage, la respiration d'Arlette s'apaise. Au petit matin, elle se baigne. Sous l'eau, elle compte quarante-cinq, soixante secondes. Les galets tintinnabulent. Lui parviennent, assourdis, les pleurs d'une mouette et le ton inquiet de Sauveur qui l'appelle.

Quand ils rentrent rue de Corinthe, elle chatouille le cou potelé de Rosie, s'exclame Fatigue ! et s'enferme dans la salle de bains. L'eau coule, longtemps, sur son ventre flétri et se mêle aux larmes sur son visage.

Qui est cette femme que mon grand-père surprend en train de se coiffer face au miroir en pied de leur chambre à coucher ? Ses cheveux ont bruni, son visage s'est allongé. Il ne reconnaît pas la voix, plus haute, plus affirmée quand elle récite des poèmes.

L'inquiétude s'enroule autour de son cœur.

« Le degré d'évolution auquel est parvenu le peuple tunisien – dont nous avons lieu de nous réjouir d'autant plus que nous y avons largement contribué –, la valeur remarquable de ses élites justifient que ce peuple soit appelé à gérer lui-même ses propres affaires. »

À Carthage, fin juillet 1954, Pierre Mendès France, chef du gouvernement français, reconnaît l'autonomie interne de la Tunisie dans un discours devenu célèbre, empêchant que le pays natal de mes grands-parents ne bascule dans l'effroi – cet effroi qui va saisir, quelques mois plus tard et pour de nombreuses années, l'Algérie voisine.

Dans ma famille, on ne parlait que de cette guerre, de ces « événements », qui avaient saccagé l'enfance de mon père, dans une bourgade près d'Oran. Jamais n'étaient évoqués le terrorisme urbain, à Tunis, la guérilla dans les campagnes, ni même la peur qui avait empoisonné la vie d'Arlette et de Sauveur, et ricoché dans leurs existences, plus tard, en France. Je découvre, en préparant ce livre, que le processus de décolonisation et la fin du Protectorat ont été jalonnés d'exactions de part et d'autre. J'ai honte de mon ignorance.

*

Habib Bourguiba, en exil sur l'île de Groix, a été libéré. Malgré les gages donnés aux indépendantistes, on n'est nulle part à l'abri du geste fou d'un fellagha, d'un couffin piégé qui explose dans un trolleybus. En représailles, les troupes françaises passent des villages au lance-flamme. Les journaux sont remplis de détails sanglants. Un couvre-feu est instauré à 20 heures. Les théâtres et les cinémas sont fermés.

La peur saisit Arlette depuis que des combattants de l'ombre l'ont suivie dans une parfumerie. Elle se tenait près de la caisse, un flacon à la main. Le visage dissimulé sous la gandoura, les hommes avaient arraché les billets dans sa main et lui avaient craché à la figure.

— Nous, on ne touche pas aux femmes, contrairement à vos soldats. Mais préviens ton mari qu'on fera la peau à son copain Gigi. Et à lui aussi, si ça continue, on lui fera la peau. Aujourd'hui, demain, dans dix ans.

Pourquoi le ciblent-ils, lui ? Dans quoi s'est-il laissé entraîner ? Sauveur se tait. Arlette grimpe à califourchon sur son torse, tambourine.

— Tu as donc perdu la tête ? Et moi ? Et Rosita ?

Désormais, elle se retourne quand elle marche dans la rue et que, derrière elle, elle entend des pas. Un jour, on les suivra, on le poignardera sous ses yeux. Ils avaient dit « demain, dans dix ans », oblitérant pour longtemps leur tranquillité.

*

Un vieillard lui remplit la bouche de galets. Elle se réveille en sueur, se redresse pour vomir. Seule Jacky est au courant de sa deuxième grossesse, et l'unique témoin de son désarroi. Ensemble, elles rasent les murs blancs de la médina. Arlette pousse une porte en bois massif, s'engouffre dans la pièce sombre.

— Tu es sûre de ce que tu fais ? questionne son amie. Si c'est un garçon, quand tu seras vieille, il te protégera.

— Mais qu'est-ce que tu racontes ? Me protéger de quoi ?

Ma grand-mère s'allonge sur la planche, relève sa robe.

— Il est bien accroché, annonce l'avorteuse. Tu vas boire ça, je te promets rien.

Elle lui tend un liquide verdâtre.

— Si ça ne fonctionne pas, Jacky, je veux que tu me frappes le ventre, que tu cognes de toutes tes forces.

Non, elle ne fera pas ça. Je rembobine, la réécoute. Non, elle ne fera pas ça. Elle soupire.

— Que veux-tu, Olivia ? C'était contre mes idées, contre ma morale. Moi, je ne parvenais pas à tomber enceinte, alors je ne comprenais pas la décision de ta grand-mère. J'allais prier à Notre-Dame-du-Rosaire, pour elle et pour que son bébé s'accroche.

Les jours suivants, Arlette absorbe des litres de tisane abortive, mâchouille des fruits de belladone, et saigne, sue, s'entortille autour du traversin. Elle veut mourir, elle va mourir.

À l'époque, la contraception est illégale, l'avortement un crime contre l'État. Je me renseigne sur les différentes techniques abortives, sonde, piqûre, épingle à chapeau, aiguille à tricoter, fais défiler, sur l'écran de mon ordinateur, décoctions, purgatifs à l'huile de ricin, diverses manières de se suspendre par les bras, pour tenter d'imaginer le calvaire de ma grand-mère, essayer de me mettre à sa place, si tant est que ce soit possible pour une femme de mon âge, protégée par la loi Veil.

*

Jacky m'apprend que, dès le vote de la loi Neuwirth, en 1967, Arlette fait le tour des cabinets, en centre-ville, et finit par trouver un médecin qui lui prescrit la pilule.

Quelques années plus tard, Rosie la refuse, au prétexte que les hormones la feront grossir, qu'il existe d'importants risques cardio-vasculaires, reprenant, sans en avoir conscience, les arguments des opposants à la contraception.

Ma mère est l'inverse d'une figure d'émancipation au moment où, collectivement, les femmes tentent de s'affranchir du joug du patriarcat. Elle vit à rebours des luttes féministes. Après son mariage, elle devient mère au foyer, s'enorgueillit d'être reine de la tarte Tatin, experte en produits ménagers, tout ce que dès l'adolescence, comme ma grand-mère, j'abhorre.

Arlette finit par se redresser, teint blême et ventre gonflé. Sauveur la porte sur ses épaules. Elle pleure. Ses belles-sœurs tricotent le trousseau du bébé, dans un camaïeu de bleus car, sans aucun doute, ce sera un garçon. Elle pleure.

Elle cesse de se nourrir, fume en regardant, par la fenêtre, les nuées de bergeronnettes sur l'azur.

*

La maman répand son fiel. Chasse le naturel, il revient au galop. Le mariage et la maternité n'ont pas changé sa fille, tsarine incapable de s'occuper des siens. Croit-elle qu'elle a de la gadoue dans les yeux, qu'elle ne devine pas ses méthodes de sorcière ? Elle pourrait la dénoncer aux gendarmes, avec des preuves, la belladone, les fioles vides de jus de papaver. Une mère voit tout, une mère sait tout, rien ne lui échappe. Qu'Arlette continue à ne faire aucun effort, alitée sans raison, et même son mari se lassera, prendra une autre femme, une qui sait tenir son foyer. Avoir une famille, c'est un esclavage. Si elle ne se ressaisit pas, ne s'améliore pas, ça lui pend au nez, un divorce et la honte pour les siècles des siècles.

*

Le 20 mars 1956, alors que ma grand-mère est allongée, livide, au dernier étage d'une clinique, la voix de Bourguiba grésille dans le poste de radio.

— « En ce jour historique où la Tunisie fête son accession à sa liberté retrouvée, j'ai conscience de m'être pleinement acquitté de la mission que m'avait assignée le peuple tunisien. »

— Il est où ? demande-t-elle à Sauveur. Il est où ?

— Bourguiba ? Mais il est à Tunis, enfin, où tu veux qu'il soit ?

Elle n'avait pas entendu pleurer le bébé, juste un silence étale, comme si tout ce qui avait précédé, la douleur, les caillots de sang, n'avait pas existé.

Des larmes affleurent aux paupières de Sauveur.

La convention du Bardo est abrogée, le Néo-Destour va diriger le pays, Bourguiba sera nommé Premier ministre. C'est inéluctable, la fin de la France en Tunisie. On ne leur fera aucun cadeau, leurs démarches seront rendues impossibles, il faudra réclamer une carte de travail tous les ans, et le pouvoir colonial ne sera plus là pour les protéger. Que deviendront-ils ? Des étrangers dans leur pays de naissance ? L'article premier du projet de Constitution prévoit que « la Tunisie est un État libre, indépendant et souverain ayant l'islam pour religion et l'arabe pour langue ». Que deviendront-ils ? Des catholiques persécutés en pays musulman ? Les Arabes exigeront-ils des Ravalli qu'ils se convertissent pour avoir le droit de rester sur le territoire ? Sauveur se perd dans ces pensées. Le corps inerte avait été enroulé dans un lange à la va-vite. Que deviendront-ils ?

Ce sont des choses qui arrivent, avait affirmé la sage-femme, il n'était pas viable, il ne fallait avoir aucun regret, mais faire un autre bébé, seule manière que madame Ravalli se remette de la mort de celui-ci.

C'était un garçon.

Ma grand-mère disait que le jour où elle avait perdu son deuxième enfant, elle avait aussi perdu son pays.

— L'avenue Jules-Ferry devenue Bourguiba ; la place de la Résidence, celle de l'Indépendance ; le quartier de Franceville transformé en El Omrane... On ne peut pas aller à rebours de l'Histoire, ma zitouna. À leur place, on aurait fait pareil, tu ne crois pas ? Les peuples sont, comme les hommes et les femmes, faits pour vivre libres.

J'étais bien trop jeune pour souligner ses contradictions. Elle approuvait le processus de décolonisation, mais regrettait sa vie facile, les avantages des Européens à Tunis, le menu « complet poisson » dans les gargotes de La Goulette et les bougainvilliers en fleur. Des années après son arrivée à Marseille, Arlette pleurait encore la fin de la dolce vita avec Sauveur.

— *L'ultima scena ! La fine del film !* Pfiou ! On ne l'a pas vu venir.

J'étais née dans une clinique de Seine-Saint-Denis, en 1976, j'avais grandi dans un pays en paix, bercée par l'idéal européen, Mitterrand et Kohl main dans la main, à Douaumont, alors pouvais-je imaginer un instant ce que cela signifiait perdre, du jour au lendemain, sa maison, sa jeunesse et ses souvenirs ?

Ses nuits d'insomnie, aux Trois-Lucs, Arlette revisualisait en pensée la maison de la rue du Miel, comptait les trous dans la moustiquaire, fouillait les tiroirs de la cuisine, en quête de piécettes. Elle déambulait dans l'appartement de la rue de Corinthe, ouvrait le garde-manger, s'asseyait sur la terrasse et croquait une orange. Elle s'endormait dans le brouhaha du quartier du Passage et se réveillait, une saveur d'agrume dans la bouche. Elle ne savait plus où elle se trouvait, là-bas ou ici.

— Mais le pire dans tout ça... Le pire, ma zitouna... C'est qu'on n'a pas seulement perdu notre passé. Avec ton grand-père, on aurait pu s'en remettre. On a aussi perdu notre avenir et ça, ma chérie, ça...

Elle ne pleurait pas la mort de son bébé, brûlé avec les autres bébés sans vie dans le crématorium de la clinique, l'absence de tombe où se recueillir. Elle ne l'avait pas tenu dans ses bras. Elle s'était débrouillée pour qu'il passe. Il était passé. C'était un fantôme, même pas inscrit dans leur livret de famille.

Elle portait le deuil de ce qui s'était perdu entre la Tunisie et la France, de ce qui s'était évaporé au-dessus de la Méditerranée, leur amour et leurs espoirs.

*

Je rappelle ma mère, insiste par texto, par courriel, sollicite mon père, Peux-tu intercéder, papa, j'ai *besoin* que mum me parle. Besoin de m'amarrer à une histoire, besoin de savoir à qui je dois d'être la femme que je suis devenue, besoin de me sauver. Jamais je n'évoque les raisons intimes de ce besoin, chasser le spleen qui s'incruste, entre chien et loup, chasser le fantôme persistant d'Arlette.

Sauveur achète tout ce qu'exige Rosie, dos cambré et poings sur les hanches, bonbons, bijoux et même un bichon maltais qu'elle baptise Hamed comme l'épicier djerbien du quartier du Passage.

Sur la plage, les algues sèches se transforment en poudre entre ses doigts. Il ne presse plus la goutte de citron dans ses yeux, son regard s'est opacifié. Un silence glacé s'est installé entre lui et Arlette. Au milieu de la nuit, ils font l'amour sans élan – elle, par devoir conjugal.

— D'accord, finit-elle par concéder.

D'accord, du bout des lèvres, une épine dans le cœur, avec l'espoir qu'ainsi réapparaîtra l'homme qu'elle a épousé.

*

Un an après la mort de leur fils, Arlette accouche d'un bébé prématuré. Les médecins réservent leur pronostic. Mais la minuscule Laura survit sans handicap apparent. Quand Rosie se penche au-dessus du berceau, elle ne parvient pas à prononcer le *r* du prénom de sa sœur. Tous la rebaptisent Lola. Je n'ai jamais appelé ma marraine autrement.

*

La tunisification se fait en accéléré. Le monde de mes grands-parents bascule sans qu'ils aient le temps d'en saisir les nouveaux contours.

À la fin des années cinquante, il ne reste que quatre-vingt-cinq mille Européens dans le pays, moitié moins qu'avant l'indépendance. Les trois quarts des fonctionnaires français ont été remplacés. La Compagnie du Gaz et des Eaux est nationalisée.

Un matin, en arrivant au travail, Arlette découvre une Arabe installée dans son fauteuil.

— Tu fais le ménage ?

Une ligne sonne. La jeune femme répond sans lui jeter un regard.

— Allez, la Française, tu dégages, ordonne l'officier de sécurité.

Il déchire la carte professionnelle sur laquelle

était collé un portrait d'elle à quinze ans, lorsqu'elle avait commencé sa carrière.

*

Mes grands-parents ont toujours minimisé leur présence et leur action dans l'ancien empire colonial. Quand j'évoque leur statut de « colons », ma mère me rembarre.

— On n'était pas des colons, cesse de raconter n'importe quoi !

Nuancer, recontextualiser, me dis-je, ne pas plaquer ma perception d'aujourd'hui sur leur vie là-bas, autrefois. Le terme « colons », il est vrai, s'appliquait aux propriétaires terriens, à ceux qui exploitaient les Arabes, pas aux petites gens, pas aux natifs de Tunisie, d'origine sicilienne ou corse, comme les miens. Ce pays avait été celui d'Arlette et Sauveur. Quant à la France, elle ne leur avait fait qu'une minuscule place de déclassés, à leur arrivée en 1960.

Pourtant, et comme de nombreux « rapatriés » d'Afrique du Nord, ils restaient convaincus de la supériorité de la « race blanche ». Lorsque les langues se déliaient, ils conspuaient les « crouilles » et les « bicots », usaient de tous ces termes odieux pour désigner les Arabes qu'ils tenaient pour responsables de leur malheur.

Ma mère exonère ses parents – peut-elle faire autrement ? –, dit qu'ils étaient simplement de leur temps – l'époque du film *Dupont Lajoie* et des ratonnades. Elle affirme, contre toute évidence, qu'ils n'étaient pas racistes.

Et moi, qui suis-je pour les juger ?

Les dix frères et sœurs de Sauveur sont partis, les uns après les autres, s'installer à Saint-Victoret, dans les Bouches-du-Rhône. Rosario et la nonna ont donné la ferme de Djebel Oust et leur troupeau de chèvres à un journalier arabe, et les ont rejoints.

Arlette ne travaille plus. Elle revêt une blouse informe et retourne dans les grottes, sous les thermes d'Antonin. Elle avance dans une faille, se recouvre de sable mouillé, somnole, se relève, cueille des oursins à fleur d'eau et gobe leurs languettes orangées.

— Tu étais où ? s'inquiète Sauveur. Je t'ai cherchée partout.

— Tu es policier ? Fous-moi la paix.

Il parle plus fort que d'habitude, agite ses bras.

— Tu finiras égorgée dans une ruelle ! Et si encore il n'y avait que des problèmes de sécurité, à Tunis… Économiquement, c'est devenu intenable.

— Arrête de crier comme ça.

— Je ne crie pas, *puttana* !

Sauveur répète «*puttana*» comme si la putain, c'était elle.

— On ne peut pas habiter un pays où on a peur... Ils ont fui, ton frère, tes sœurs, les miens, mes parents... Il n'y a que Gigi et Jacky pour rester coûte que coûte mais lui, il dort avec un flingue sous l'oreiller et elle, elle reste enfermée. Elle n'étend même plus son linge sur la terrasse. C'est ça que tu veux, *puttana*, vivre comme une prisonnière ?

Elle n'est plus sa « Lélette », sa Scarlett, sa starlette, mais une *puttana* qui ne comprend pas l'urgence des décisions à prendre.

Elle ne veut pas rester vivre à Tunis à tout prix. Mais s'ils partent, où iront-ils ? À Saint-Victoret, au milieu du clan Ravalli, pour un an ou deux, le temps de s'organiser, de trouver un logement ? Elle ne supportera pas les messes basses de ses belles-sœurs, éventails déployés sur leurs grimaces, cette déférence due à Rosario, la nonna habillée de noir pour honorer les morts. Arlette ne se donne pas plus de deux jours pour s'échapper dans la colline, là-bas aussi.

Sauveur tourne en rond, se frotte les paumes sur sa veste.

— J'ai acheté un appartement à Marseille.

Il est le chef de famille. Il a décidé, seul, pas le temps de lui en parler avant. Gigi l'a conseillé après avoir lu une petite annonce dans *Le Provençal* – un cinq-pièces moderne, boulevard Sakakini, en plein centre. En métropole, ils pourront se reconstruire une vie.

— Tu pars avec les filles et ta mère.

— Tu ne nous accompagnes pas ?

Sauveur vient de se réengager pour une mission de deux ans, à Tunis. Georges Gorse, premier ambassadeur de France dans l'ancien Protectorat, proche du général de Gaulle, lui a demandé de rester auprès de son successeur. Il n'a pas pu refuser.

Arlette se mordille la lèvre inférieure.

— Ça ne ressemble pas à ce que j'avais espéré.

— La vie ne correspond jamais à ce qu'on imagine, Lélette. Mais rassure-toi : Marseille, ce n'est pas loin.

— Pas loin ? Tu dis ça comme si on pouvait se faire signe d'une rive à l'autre…

*

Les autorités tunisiennes ne retiennent pas les Européens, pour combien de temps ? Ne se retrouveront-ils pas piégés, un jour ou l'autre, demain, par une décision gouvernementale inique, des tensions avec l'ancien empire français, qui les obligeront à vivre ici, en étrangers ? On ne sait jamais ce qu'ils ont en tête, les politiques, mieux vaut anticiper. Ils ont encore le droit de partir, sans emporter plus d'un bagage par adulte et, surtout, sans argent. Les policiers fouillent les langes des enfants, enfoncent leurs doigts dans les boîtes de lait en poudre, pour vérifier que les voyageurs n'y ont rien dissimulé. Il faut tout abandonner derrière soi.

— Vous prenez l'avion demain. Prépare la valise.

Arlette reste figée. L'envie de pleurer ondule, secoue son menton et, soudain, reflue.

Au petit matin, Sauveur prend la route du lac, vers l'aérodrome d'El Aouina. Dans le hall des départs, la maman pousse le landau de Lola. Arlette tient Rosie par la main et le chien Hamed dans un panier en osier. Le temps se rétracte. Dans le haut-parleur, on annonce le vol d'Air France. Il faut se dire au revoir. Sauveur s'accroupit à la hauteur de sa fille.

— Papa te rejoint bientôt.

Bientôt, pour les grandes vacances, dans quelques semaines, quelques mois, peut-être un an. Mon grand-père compte le nombre d'heures que cela fera, un an, loin d'elles, trois cent soixante-cinq fois vingt-quatre heures. À vrai dire, il n'a rien négocié avec l'ambassade. Tout dépendra de la « situation ».

Il écarte la frange du front de Rosie, l'embrasse. Il donne un baiser fugace à Arlette, à peine un effleurement, une fuite. Sans la regarder dans les yeux une dernière fois, il se détourne, poings serrés dans les poches. Sauveur en a eu, de vraies raisons de pleurer, autrefois, pour ses copains tués sur le Rhin, pour le bébé dont il n'a pas enterré la dépouille. Ces ombres enténèbrent sa vie mais dans quelques mois, trois cent soixante-cinq fois vingt-quatre heures tout au plus, il retrouvera Arlette, Rosie et la petite Lola sur un quai du port de la Joliette, à Marseille.

Il passe les portes coulissantes de l'aéroport. Par superstition, il attend l'heure du décollage, assis au volant. Quand la caravelle s'envole, à travers le pare-brise, il fait un signe du plat de la main. Que la chance les accompagne.

*

Arlette n'a somnolé que quelques heures. Ses paupières brûlent de fatigue. Elle ajuste la vision des jumelles Crystar et scrute par le hublot la côte dentelée, le port de La Goulette, les ruines de Carthage et le djebel Boukornine, ses sommets dressés telles les deux cornes d'un monstre.

Son pays va disparaître. Elle ne reconnaîtra plus les gens dans la rue, les bruits de sa ville. La maison de son père sera rasée. Sauveur vendra l'appartement de la rue de Corinthe à vil prix. Pourquoi rester accrochée à ce qui, sous ses yeux, est sur le point d'être englouti ? Elle le sait déjà, elle ne reviendra pas, c'est un adieu aux paysages de son enfance.

La France l'a toujours fait rêver, depuis ses premières fugues, à six, sept ans, dans les entrailles de Carthage. Du rivage africain, elle espérait apercevoir les roches ocre de l'Esterel. Maintenant elle est à portée de main, la France. Dans une heure, l'avion atterrira à Marignane. Un de ses beaux-frères les conduira jusqu'au boulevard Sakakini, leur ouvrira la porte de leur appartement et de leur nouvelle vie.

Arlette pense qu'en s'émancipant du joug français, les Arabes ont contribué à l'affranchir, elle aussi. À Marseille, elle pourra se réinventer, devenir une autre femme.

Elle a vingt-sept ans, elle est libre, tout est encore possible.

II

Un homme l'attrape par le chignon, sur la Canebière. Arlette se débat.

— Lâchez-moi !

Il pose la main devant sa bouche, Ta gueule, et la force à entrer dans le bar. Le volet se déroule dans un fracas métallique et claque sur la dalle de béton en se fermant. La salle est plongée dans l'obscurité.

Elle cligne des yeux, repère le zinc et le billard. Un grand brun d'une cinquantaine d'années, visage anguleux, est assis au fond. Cigarillo coincé entre les lèvres, il croise les bras sur un costume trois-pièces à carreaux.

— Cumu và, la Ravalli ? Ça faisait longtemps que je nous souhaitais ce tête-à-tête.

Sa voix chante et s'étire, nonchalante, sur les fins de phrase. Mais à un sbire, il commande d'un ton martial :

— Attache la dame !

Arlette perd une chaussure. Son bas couleur

chair, acheté à prix d'or chez un bonnetier de Castellane, se file sur la jambe gauche. L'homme déroule, autour de ses poignets et de ses chevilles, un long cordage en chanvre. Elle s'agite. Il serre plus fort. Elle pourrait appeler au secours mais personne ne l'entendrait et, c'est bien connu, même la police évite les tripots du centre-ville.

Arlette crache sur les tomettes couleur brique. Une frappe sèche derrière le crâne et sa joue heurte la table. Le bouton de sa jupe saute. Le tissu bâille sur les reins. Son chemisier est soudain trempé de sueur. Elle est piégée.

— Qu'est-ce que vous me voulez ? articule-t-elle.

Pas de réponse, le silence et les murmures étouffés de la ville, les klaxons et la clochette d'un tramway, au loin. Elle flageole. Le matador s'approche – prend-il cet air dominateur avec les hommes ? Arlette distingue, en gros plan, un point noir sur le menton carré, des ridules autour de la bouche, les lèvres si fines qu'elles semblent inexistantes. Il plaque sa tête sur le formica.

— Tu ne comprends pas ? Pourquoi tu crois que tu es dans ce bar, la Ravalli ? Pour que je te murmure « *Ti tengu cara* », avec les yeux doux ? Cesse de faire l'innocente, tu sais parfaitement ce que je te veux.

*

Depuis des semaines, Arlette se sent épiée.

Tous les matins, elle quitte son immeuble, boulevard Sakakini, pour se rendre à EDF, rue Roux-de-Brignoles. Elle dirige une équipe de cinq opérateurs, uniquement des hommes – une promotion qu'on lui a accordée dès son arrivée à Marseille.

Elle est « chef de groupe » au service du téléphone, « Agent des Services Publics Gaz-Électricité », comme c'est inscrit sur la carte d'identité professionnelle que j'ai retrouvée. Sur la photographie, son regard est fixe, le sourire, forcé.

Le mistral s'engouffre et claque dans les ruelles. Le linge s'enfle sur des fils distendus et s'envole. Les insultes fusent d'une fenêtre à l'autre.

Elle prend, chaque jour, le même chemin tracé sur un plan de la ville, à l'heure où passe le camion à ordures surmonté de gabians. Les déchets volettent. Elle plonge le nez dans son foulard en soie, quelques gouttes de Jicky pour couvrir l'odeur putride, adresse un signe amical au chauffeur, Bonjour, bonjour. C'est devenu une habitude rassurante, le sourire de l'éboueur derrière son volant.

Mais elle ne s'attarde plus sur le trajet, à cause du moustachu en costume gris, toujours le même type, qui déambule lentement derrière elle. Il est adossé au mur lépreux de l'immeuble voisin, il la surveille. Certains dimanches quand, dans l'église Saint-Ferréol, elle allume un cierge pour Albert Lacrouts, puis prie, tête basse, Papa, j'ai besoin de toi, il est encore là, assis sur un banc. Il la fixe sans rien dire, borsalino sur les genoux.

Les journées d'Arlette s'étirent entre son travail à EDF, les rendez-vous au salon de beauté, le poisson frais à marchander sur le Vieux-Port. Elle récupère Rosie devant l'école et, en chemin, lui achète une robe chez Cacharel.

Le bonhomme est encore là, à leurs trousses.

*

Dans la cuisine, elle picore en silence, finit par demander :

— On a reçu des nouvelles de Sauveur ?

La maman secoue la tête.

Il a envoyé des cartes postales laconiques, vue des ruines de Dougga, « Bons baisers de Tunis », et un colis contenant des zlabias dont le miel a dégouliné dans la boîte aux lettres. Puis plus rien, à part les mandats qu'elle récupère au guichet de la Société marseillaise de crédit, rue Paradis. Elle repart le sac plein d'argent, serré contre son ventre, étale les billets sur le couvre-lit, refait le compte. Jamais assez.

Marcelle ajoute de l'eau dans les lentilles. Arlette réclame un délai au cours Chevreul pour les frais d'inscription de Rosie.

Elle se couche, rabat le drap sur son front. Là-bas ils menaient grand train, mais ici… Elle essaie de saisir l'ombre fugitive de son mari, Regarde ce qu'on devient, Sauveur, des moins-que-rien ! Elle a beau avoir ce statut de « chef de groupe », son salaire est misérable. Elle parvient à faire illusion avec les belles parures achetées à crédit, comme elle paie tout désormais, les toilettes de Rosie, l'école, les médicaments pour Lola.

Sauveur n'a-t-il donc aucune idée du niveau de vie en métropole ?

*

En pleine nuit, une angoisse sourde la réveille, ou bien est-ce le frottement qu'elle perçoit derrière la porte d'entrée ? Et si le suiveur pénétrait chez elle, menaçait les petites et la maman ? Elle allume la lampe, consulte sa montre posée sur la table de chevet, 3 h 15, systématiquement 3 h 15, fixe le plafond blanc. Comment faire ? Qui pour les protéger ?

La vie de ma grand-mère oblique à l'automne de l'année 1960, quelques mois seulement après avoir débarqué de Tunis.

Son quotidien ressemble à un roman noir, aux premières images d'*À bout de souffle* sur le Vieux-Port. Les hommes, autour d'elle, ont l'allure voyou de Jean-Paul Belmondo, veste en tweed, gourmette au poignet, le regard boxeur de Lino Ventura en inspecteur Torrence, la face funeste de Bernard Blier dans *La Souricière*.

Je me plais, moi qui ne suis pourtant pas cinéphile, à regarder tous ces vieux films, la tête posée sur l'épaule de B., me repais des dialogues de Michel Audiard dans les longs-métrages de Gilles Grangier et Henri Verneuil, pour tenter de comprendre de quel genre d'hommes Arlette est alors entourée, dans quel milieu interlope elle évolue.

*

Tous les midis, elle s'accoude au comptoir du Café de la Banque, où je me trouve à présent, moi aussi. Je prends des notes. Ce bar est devenu une brasserie chic du quartier administratif de Marseille – nappes blanches, serveurs en livrée, menu à trente euros. Il faut désormais réserver, on ne peut fumer qu'en terrasse.

Il y a plus de soixante ans, ma grand-mère avale un œuf dur, un verre de rosé. Elle commande un café serré, allume une Dunhill, puis s'assoit à côté de ses collègues pour commenter les résultats hippiques, *Paris-Turf* déployé en grand sur leur table.

Ils s'interpellent par leurs noms, Pellevoisin, Navarro et Sanchez. Seul Santucci est désigné par un sobriquet grotesque, Jojo, qui remplace, dans la bouche de tous, son prénom. Le visage rond surmonté de lunettes à double foyer et les dents du bonheur s'accordent à ce « Jojo » qu'on lui donne en tapotant sur son épaule. Mais est-ce la chevalière en or massif à son auriculaire gauche ? ses cravates sept plis et les costumes blancs, parfaitement coupés, comme ceux des bookmakers qui traînent au comptoir ? Jojo inspire un mélange de familiarité et de déférence.

Arlette est, ici, la seule femme, vernis assorti à des tenues différentes chaque jour, autorité incontestée. Ils la respectent d'autant plus qu'elle divulgue d'excellents tuyaux sur les bourrins – du « chocolat », comme ils se disent entre eux.

*

— Dimanche prochain, Jojo, tu mises tout sur Joli Hortensia. Faut que tu joues gagnant. Avec deux cent cinquante, je te garantis que tu touches cinq briques et après, champagne !

Au bureau, elle le vouvoie. Mais au Café de la Banque, les hommes se tutoient et se tapent dans le dos. Elle singe leurs postures, coudes sur la table, pouce contre les incisives. Sa gouaille se teinte, de jour en jour, d'un léger accent du Midi.

— Ma main à couper que le 15 attaque le 11 dans les derniers mètres. Ton alezan se balade la tête en l'air mais il en a sous le sabot.

Les parieurs notent ses instructions dans leurs calepins. Elle leur porte bonheur, la Ravalli, ils ne peuvent plus se passer d'elle.

— Ça mange, ça dort, ça chie, un cheval, c'est plus simple qu'un bonhomme. Mais parfois, on ne voit pas venir un tocard sous-entraîné. Tu prends Chaloux, sa cote est énorme parce que, pour l'instant, il est dans les choux. Or, tôt ou tard, il va se transformer en locomotive. À bon entendeur !

Elle enfile sa pelisse en daim, c'est l'heure de retourner à son poste. Les lumières clignotent sur le tableau téléphonique. EDF, bonjour, j'écoute. Concentrée, elle branche la fiche, établit la communication.

*

Quand Arlette ne parvient plus à trouver le sommeil, à 3 h 15, fraîche comme en plein jour, elle fait des calculs de probabilités, marque ses écuries préférées d'une croix rouge dans les pages sportives du *Provençal*, découpe les articles sur ses favoris et les range dans une pochette sur laquelle elle inscrit « Azraq » en lettres capitales.

Elle connaît par cœur les horaires des courses sur les hippodromes de Borély et Pont-de-Vivaux. Il faudra qu'un dimanche elle s'y rende avec ses collègues, juste pour s'amuser. S'amuser, ça fait si longtemps ! Tout est devenu tellement sérieux depuis qu'elle a quitté Tunis. Chaque jour, un poids supplémentaire leste ses épaules. S'y fera-t-elle un jour, à cette nouvelle vie sans grâce et à Marseille, vénéneuse, qui déploie ses tentacules jusque derrière les collines ?

S'amuser ! Certains dimanches, dans les

tribunes, à Ksar Saïd, les pelousards se bousculaient – des riches, des pauvres, tous les genres mélangés. Un colosse l'asseyait sur ses épaules pour qu'elle ne perde rien du spectacle. La fillette levait les bras pour Azraq, dès son installation dans les boîtes de départ. La foule encourageait les chevaux avec des mots de charretiers.

— Tu crois vraiment que c'est un lieu que peut fréquenter une...

Albert ne laissait pas terminer la maman. Il démarrait l'Indian. La fillette enroulait les bras autour de sa taille. Il était vivant, tête collée au guidon, à tombeau ouvert, puis au plus près de l'encolure de son pur-sang, en suspens au-dessus de la piste.

Son père déchirait le peloton, à cinq cents mètres de l'arrivée. Il paradait, essuyait d'un revers de manche la sueur sur son front et sautait à terre. Le lad récupérait la sangle, douchait et pansait les blessures du cheval. Albert entraînait sa fille dans les écuries.

— N'oublie pas, l'alouette : le succès d'un galopeur n'est jamais garanti, il suffit que la piste ait été noyée le matin même par une tempête, et c'est battu.

Avec les années, elle avait oublié l'excitation des joueurs, les tuyaux divulgués dans la zone des paris, la fermeture des kiosques trente secondes avant le départ, les insultes. Tout remonte d'entre les pages déployées de *Paris-Turf*, les narines fumantes des chevaux et l'odeur fermentée de la terre projetée par leurs sabots. Ainsi échappe-t-elle, pour quelques heures, aux phrases méchantes de la maman, au remue-ménage de Rosie et Lola dans l'appartement du boulevard Sakakini, au manque de Sauveur.

— Hors de question de parler de ça ! Ce n'est pas le moment, je suis dehors, il fait glacial, je n'ai pas envie que le froid entre dans ma bouche.

Ma mère me raccroche au nez. Elle refuse de se remémorer la passion du jeu qu'Arlette partageait avec Jojo, et des voyous dans leur ombre. Tiercé, quarté, quinté plus ; saute-saute à Auteuil et courses en plat à Longchamp ; les commentaires de Pierrette Brès, à fond dans le téléviseur, l'exaltation de ma grand-mère quand les chevaux accéléraient dans le dernier virage, tagadam tagadam… pour Rosie ça n'a jamais existé.

Pourtant, je revois ma grand-mère se lever de table, à l'heure des résultats. L'image est parfaitement nette. Je peux la toucher, fulminer comme Sauveur autrefois, Arrête ton cinéma, Scarlett !

Elle s'impose. Sa chaise crisse sur le carrelage, sa cuiller tinte contre le verre à moutarde. Chevelure grise balayée vers l'arrière, sourire enjôleur, elle devient Omar Sharif, mascotte de la publicité pour *Tiercé Magazine* dans les années quatre-vingt. À l'instar de l'acteur égyptien, elle affirme :

— Les courses, vous le savez, c'est ma grande passion !

Comme Rosie et Lola, je ne mets jamais les pieds dans un casino, ne connais les règles d'aucun jeu de cartes. B. tente de m'initier au Monopoly et au Cluedo, mais ses paroles flottent sans m'atteindre, je finis par me détourner pour lire.

Mes fils me grimpent sur le dos, tirent ma manche pour m'entraîner dans leurs constructions de Lego, mais maman travaille, maman n'aime pas jouer, maman ne jouait jamais quand elle avait votre âge.

J'ai banni toutes les expressions telles qu'« avoir beau jeu », « ce n'est pas du jeu », « double jeu », « tirer son épingle du jeu ». Il y en a tant. Si je ne prononce pas le mot, la tentation de tout perdre sur une course, un coup de dés, n'existe pas.

— Il faut tenir compte de la pluie, à Auteuil. Si la piste s'alourdit, les meilleurs se retrouvent à égalité avec les tocards… Ton numéro gagnant, il n'est peut-être pas bon sur un terrain détrempé.

Les premiers mois, Arlette se contente de conseiller ses collègues sans jamais miser de sa poche. Mais depuis plusieurs semaines, elle vacille.

Elle se couche, envie de pleurer, se lève, enclume à la place du cœur. L'hiver, à Marseille, n'a rien à voir avec la douceur subtile de Tunis. Le gel s'immisce sous le châle, brûle ses oreilles. Un matin, Arlette glisse sur une plaque de verglas devant l'entrée d'EDF. Sa cuisse se couvre d'un hématome large comme la main.

— Qu'est-ce qui vous chicane, madame Ravalli ? lui demande Jojo en lui servant un café.

Arlette a été convoquée par le directeur de l'école qui, malgré ses justifications – un père de famille absent, l'exil –, a menacé Rosie d'un redoublement, voire d'un changement d'établissement.

— Je vous remercie de penser, en outre, à régler les frais de scolarité. Nous ne pouvons pas indéfiniment vous faire crédit.

Elle a hoché la tête, mains posées sagement à plat sur son sac, a promis un chèque et l'intervention d'un répétiteur privé.

Quant à Lola, elle ne guérit plus de ses bronchites. Elle pleure, des nuits entières, en s'étouffant dans ses glaires. Enfin, le chien Hamed est mort.

— Suis-moi, ce midi, boulevard Paul-Peytral, chuchote Jojo. Ça ne t'engage à rien. L'ambiance de feu, ça va te requinquer.

*

Dans la salle de jeu, les bordereaux et les billets s'échangent en quelques secondes. Les clients se bousculent pour miser sur Angelico, une intuition de dernière minute, encochent leurs tickets à la va-vite, engloutissent d'une traite les momies de Ricard.

Assise devant son tableau téléphonique, Arlette ne pense plus qu'à l'embrasement des vainqueurs, à l'amertume sur les visages des perdants.

Elle pivote sur sa chaise de bureau à roulettes, tête en arrière. Vertigineux ! Lune de Miel qui remonte dans le dernier virage, elle l'aurait parié. Si elle avait misé gagnant, à un contre vingt, elle aurait raflé deux mois de salaire.

Elle y retourne quelques jours plus tard, épaule contre celle de Jojo dans la foule. Elle lui arrache sa momie, avale une gorgée, tire sur sa cigarette sans filtre et s'exclame :

— Joue pour moi ! Sur Lune de Miel !

Elle lui tend un billet de cent.

— Cent, tu es certaine ?

Il recule devant le guichet. Il n'a jamais joué pour quelqu'un, encore moins pour une femme, mère de famille, sa supérieure hiérarchique qui boit dans son verre, fume sa clope, comme si c'était naturel, cette soudaine intimité entre eux.

— Vas-y, merde, qu'est-ce que tu attends ?

Il glisse sa carte perforée en fermant les yeux. Elle gagne.

*

Elle se prend au jeu et moi, soixante ans plus tard, je crois que je deviens folle. Je m'aventure avec elle dans ces salles de paris, la tire par la manche, N'y retourne pas, mamie ! Mais elle m'échappe et, sûre d'elle-même, rejoue l'entièreté de son gain. Lune de Miel, de nouveau.

— Tu reportes le tout ? s'étonne Jojo. Juste la moitié, ce serait moins aventureux… Il y a des impondérables, cheval cyclothymique, jockey fatigué, ça reste un sport.

Elle gagne. Des liasses plein les poches de son manteau, elle en distribue une partie à Jojo.

— Éclate-toi ce soir ! Invite ta bonne amie au Rhul.

— Je n'ai pas de bonne amie, Arlette.

À presque trente ans, il vit encore chez ses parents dans le quartier de la Plaine. Il lui arrive – mais en vieillissant, c'est devenu rare – de faire la bringue à la Belle de Mai, avec ses cousins. Ils retrouvent des putains qui leur sont affidées, les plus jolies, recrutées dans les bas-fonds d'Alger.

Il s'enferme dans une chambre à l'éclairage pourpre. Les yeux mi-clos, il s'invente une histoire, Rome, siècle des Antonins. L'Empire s'étend jusqu'au désert, quand, dans les pièces voisines, les râles se conjuguent aux gémissements immodérés des filles.

— Fais-le toi aussi, fais-le pour de faux.

Elle renverse la tête et geint.

— Plus fort !

Il veut que ses cousins l'entendent. Car, à

l'aube, quand ils descendent bras dessus bras dessous se jeter un café sur le Vieux-Port, ils se vantent de leurs exploits sexuels. Il fait le forfantier, lui aussi, mais personne n'est dupe.

*

Arlette paie des cours particuliers pour Rosie, s'acquitte de ses dettes. La maman ne s'enquiert pas d'où viennent, soudain, tout cet argent et la bonne humeur de sa fille.

Pourtant, ça y est, Arlette s'enfonce. Elle perd pied, sollicite les bookmakers qui attendent à la sortie de la salle de paris.

— On va t'arranger ça, un coup sûr dans la troisième course, murmurent-ils, main lourde posée sur son épaule, des doigts qui descendent le long du dos et caressent les reins.

Ils assurent que le jockey du 12 va cornancher pour laisser gagner un crack du nom d'Aloysius. Elle emprunte vingt mille francs à des taux usuraires.

— Tu devrais consolider tes gains, prévient Jojo. Tu connais le proverbe, à Marseille ? « T'as mangé le raisin, tu cagues les pépins. »

Elle mise ses dernières billes sur Aloysius parce que son nom lui rappelle Aloysius Bertrand. *Gaspard de la nuit* la guide dans la pénombre.

Malgré les tuyaux payés au prix fort et ses incantations au cheval de son père, elle n'a plus la baraka. Elle accumule les dettes. Pour combien exactement, elle est incapable de le calculer. Quatre-vingt, cent mille balles ? Bien plus que la valeur de l'appartement boulevard Sakakini.

*

La voilà ficelée à cette chaise, dans le bar, sur la Canebière.

Le grand brun rallume un cigarillo.

— Maintenant tu nous rends l'argent, la Ravalli.

— Je n'ai jamais eu d'argent.

— Arrête de mentir !

Une idée la traverse, sa dernière chance.

— Hannibal Gherardi, tu le connais ?

Elle est corse, elle aussi, du côté de la maman.

— Tu crois me la bailler belle avec la dynastie Gherardi et le con de Manon ? Ton mari, il est sicilien, et j'apprécie pas du tout les Ritals. Tu sais ce qu'ils ont fait pendant la guerre ? Alors qu'on prenait le maquis, eux, ils léchaient les bottes de Mussolini !

— C'est mon arrière-grand-père qui a sculpté la statue de Napoléon à Ajaccio.

Il éclate d'un rire sauvage.

— C’est vraiment la meilleure ! Je te parle du Duce et toi tu me rétorques Napoléon...

Il se rapproche. Il va la mordre.

— Bonaparte en habit de consul romain, Francesco Massimiliano Laboureur, sculpteur italien, mort à Rome en 1831. Renseigne-toi un peu.

Elle refuse de se laisser impressionner par la canine en or de son geôlier. Et quoi ? Il l’égorgerait, dans cette prison, en plein centre-ville ? Elle reprend des forces, malgré le maquillage qui dégouline, une allure minable.

— Tu viens de quel village, toi ? tente-t-elle encorc.

— Commence pas à me jouer de la flûte avec mon île de beauté.

Il appuie le poing sur sa joue.

— Ça fait mal !

— La Balagne, tu connais ? Calenzana ? Non, tu es corse comme moi je suis finistérien. On ne peut plus t’accorder de délai, la Ravalli.

— Ça fait mal !

Il relâche la pression.

— Débrouille-toi pour trouver le fric que tu nous dois et on te foutra la paix.

Il se rassoit, frappe dans ses mains.

— Qu’on me serve un Martini Rosso sans glaçon.

*

Il déguste lentement le liquide carmin. N'importe quelle autre bonne femme, à sa place, l'aurait supplié. Elle semble insensible à la peur. Or, l'ordre vient d'en haut, de plus haut que son échelon de petit gangster caricatural : qu'on nous craigne et qu'on nous respecte.

— Tu sais ce que c'est qu'une arlette ?

Elle secoue la tête, ne voit pas où il veut en venir.

— Une arlette, c'est une petite tuile croustillante, caramélisée, très fine. Elle se casse entre les doigts quand on l'attrape pour la mettre en bouche.

Il découpe les liens avec des ciseaux de tailleur, une lame longue, piquetée de rouille, et la pousse vers la sortie.

— T'as un bon travail, t'es occupée avec tes filles et ta vieille maman… Vu que t'es un peu corse toi aussi, je te donne un conseil : arrête d'entretenir la race chevaline.

Elle titube, ramasse son sac, récupère sa chaussure, l'enfile sur le bas déchiré.

— Je te laisse un sursis de deux jours. Mais sache qu'avec nous, tu paies ou tu meurs.

— Jouer comporte des risques.

La voix féminine, en fin de spot publicitaire pour la Française des jeux, est douce et ferme à la fois. Comme des millions de personnes, je pourrais acheter un ticket de loto, cocher mes numéros favoris, fantasmer le jackpot, une chance sur dix-neuf millions et soudain la vie de château. Près de 17 % des combinaisons permettent des gains plus modestes, « du beurre dans les épinards », vantait Arlette. Mais non, jamais, jamais parce que :

— Jouer comporte des risques.

La réclame, diffusée sur RTL un matin, me projette près de trente-cinq ans en arrière, au milieu des années quatre-vingt. J'ai huit, dix ans. Dans un bar du centre-ville – que j'ai tenté de retrouver, sans succès, sur Google Maps –, je bois un diabolo grenadine. Visages grenelés, penchés sur le tapis vert du billard, fumée des cigarettes statique au-dessus des tables, sciure au sol, tout me revient. Ma grand-mère sirote un kir et discute avec le patron.

– J'ai amené la petite, cette fois-ci. Elle me porte bonheur.

Elle désigne un type brun au fond de la salle, l'allure d'un homme d'affaires, si ce n'est le cache-œil qui le transforme en pirate.

– C'est mon book…

Moi, j'entends « bouc » comme le mâle de la chèvre, ou le mot anglais pour « livre », je ne comprends pas ce que bricole ce monsieur.

– Va le voir et dis-lui que j'ai besoin d'être dépannée.

Dépannée de quoi ? Elle ne circule qu'en taxi. Malgré son salaire modeste, elle vit sur un grand pied. J'attends une explication qui, bien sûr, ne vient pas.

– Allez, fais-lui ton plus beau sourire.

Je m'exécute. Le corsaire me tend une enveloppe et un bonbon à la menthe qu'Arlette m'ordonne de jeter, au prétexte que, « si ça se trouve », il contient du poison.

Quand il fait non de la tête, sans se justifier, que je reviens bredouille, elle se lève et, au ralenti, se fend d'un bras d'honneur.

– Connard ! Viens, ma zitouna, on se casse de ce bordel, et ne raconte pas à ta mère que je dis autant de gros mots, OK ?

— Jouer comporte des risques.

— Des risques mortels, dis-je en avalant d'une traite ma tasse de café.

— Mais qu'est-ce que tu racontes ? me demande B., décontenancé.

*

Dans la maison de B. qui a autrefois appartenu à sa grand-mère maternelle, tout me rappelle la mienne. En fouillant dans les armoires qu'il n'a jamais vidées, je tombe sur des ensembles Rodier, des pantalons Lanvin, une garde-robe à ma taille, qui aurait pu être celle d'Arlette.

Chaque nuit, elle m'attend, dans le fauteuil en rotin, au fond de notre chambre – jambes croisées, porte-cigarettes, Audrey Hepburn dans *Breakfast at Tiffany's*.

— Ma zitouna, bon sang, j'ai toujours su que tu serais écrivain. Il faut que tu racontes !

Je me redresse, allume l'ordinateur. Je ne connais rien aux chevaux ni aux courses, alors je cherche.

Sur le site de l'Institut national de l'audiovisuel, Léon Zitrone commente le prix de l'Arc de Triomphe ; Guy Lux et Georges de Caunes annoncent les résultats du tiercé. Je lis *France*

Galop, les pronostics de PMU, des échanges entre parieurs sur des réseaux dédiés à leur passion, fais défiler des expressions loufoques dans un « dico du turf », « allonger un cheval », « monter à l'envers »...

Pour quelques euros, j'acquiers une pince à encocher, relique de ces années où les joueurs compostaient leur ticket. Créé dans la Nièvre dans les années cinquante, ce fétiche a disparu avec l'informatisation des paris. Je m'amuse à poinçonner une feuille blanche et laisse, épars, des fétus de papier.

Un monde inconnu s'ouvre à moi, le monde d'Arlette à Marseille, celui de mon enfance auprès d'elle.

Après avoir fui son geôlier, Arlette saute dans un taxi.

— Plus vite ! exige-t-elle, affolée, du chauffeur.

Clope au bec, il double les files sur le cours Lieutaud, à contresens, tourne à gauche, à droite. Les pneus crissent sur l'asphalte, coup de volant, klaxon en continu dans une ruelle bosselée, en terre battue, lèpre sur les murs.

Elle ne reconnaît pas le quartier, ses pensées s'embrasent, son cœur s'emballe. Mais la voiture pile devant son immeuble, boulevard Sakakini. Elle lâche trois billets, s'extrait de l'habitacle sans attendre la monnaie.

Dans la cage d'escalier, elle reboutonne sa jupe, efface le mascara sur les joues. Elle glisse la clé dans la serrure et file dans la chambre de Rosie, c'est l'heure du coucher.

*

Arlette s'assoit au bord du lit, fixe son enfant – ma mère. Mais ses pensées galopent. Elle flâne sur la Canebière, négocie un subside avec un bookmaker, un délai plus long avec le Corse, couteau sous la gorge. Seulement quarante-huit heures pour trouver cent mille balles, ce n'est pas raisonnable. Ils la couleront dans du mortier.

— Arrête avec tes yeux d'acier, maman, ça me fait peur.

— Peur ? Alors écoute-moi bien, Rosita : ça ne sert à rien d'avoir peur. Il ne faut jamais avoir peur.

— Je veux une histoire.

Mais non, pas d'histoire, jamais d'histoire.

— Ne raconte rien, à personne, sinon on te fera très mal. Quant à moi, c'est simple : on me zigouillera. Tu sais ce que ça veut dire « zigouiller », *amore mio* ?

Arlette passe le pouce sur l'encolure de sa robe, un rasoir. Mais en réalité, on ne saigne pas les mauvais payeurs. On les attache dans une voiture qu'on incendie au col de l'Oule ou sur les falaises du Devenson ; on les jette vivants du cap Canaille. Cela passe pour un suicide bien que tout le monde sache, les journalistes, les gendarmes, Gaston Defferre et tutti quanti, au plus haut niveau de l'État, de quoi il retourne. Bonnet blanc et blanc bonnet, ils se tiennent tous par la main, les voyous et ceux qui sont censés nous en protéger.

— Ne raconte rien. Tu ne connais pas notre adresse, tu ne connais pas notre famille. Tu ne parles pas, même avec une scie sous le menton, tu me promets, Rosie ?

Elle éteint la lumière et sort de la chambre.

— Je ne suis pas ta mère, tu n'es pas ma fille.

*

Il fait noir. Rosie pleure sans bruit. Moi, je voudrais enjamber les décennies pour serrer la petite fille rousse entre mes bras, nettoyer la cascade sur ses joues et la morve qui dégouline dans sa bouche. J'aimerais tant la consoler, lui épargner le malheur d'une mère qui dérive.

Elle hume l'odeur synthétique des poils de sa peluche, Je ne suis pas ta mère, besoin d'un mouchoir, Tu n'es pas ma fille. Il faut obéir, se taire, sinon Arlette rugit, Je vais te démolir !, et lui colle une torgnole. Marcelle apaise la morsure en y apposant un gant chaud, mais aucun cataplasme contre la honte qui fait couler les larmes.

— Allez, c'est rien, répète la maman.

Mais Arlette pousse Rosie dans le réduit à balais, au bout du couloir, hurle Je ne veux plus jamais te voir !, et ferme à clé. La fillette tambourine pour qu'on lui ouvre. Une main velue l'attrape par la nuque, la plaque au sol. Elle disparaît dans la pénombre. La terreur du placard est impartageable.

Elle veut se lever, envie de pipi. Mais elle redoute la colère d'Arlette. Elle ne sait pas comment faire pour l'amadouer, elle ne rapporte même pas de bons résultats scolaires. La craie crisse sur le tableau noir, « conduite passable », « Rosie traîne en longueur », « inattention aux leçons », reproche l'institutrice en marge de devoirs qui ne dépassent jamais la moyenne.

Son chien Hamed lui manque, son père lui manque, et même sa mère lui manque, alors qu'elle se trouve de l'autre côté du couloir. Envie de pipi, mais des cris lui parviennent de la cuisine. Elle se fige.

Arlette dissout des carrés de sucre dans son vin rouge. Elle touille, avale une gorgée, allume une cigarette et se détend pendant que Marcelle lave les langes souillés de Lola dans une bassine en fer.

— Il faut que je trouve de l'argent tout de suite.

La maman s'agite – frottement du linge entre ses mains, écoulement d'eau sale dans l'évier. Ras-le-bol de la merde, de la crasse, elle devra aussi passer la serpillière, mais pas ce soir, plus la force.

— J'ai besoin d'argent, répète Arlette.

Le pain de savon glisse aux pieds de Marcelle. Les paroles de sa fille lui parviennent assourdies. Pourquoi aucun de ses quatre enfants… Perline a fait une troisième tentative de suicide. Lucette a quitté le domicile conjugal. Quant à Henri, il sort d'une garde à vue pour exhibitionnisme dans les allées du parc Pastré. Et maintenant les supplications d'Arlette. Pourquoi aucun de ses quatre enfants… Elle repousse cette pensée.

— J'ai besoin de beaucoup d'argent, maman.

Marcelle se bouche les oreilles, fait non de la tête. Une assiette glisse sur l'égouttoir et se brise. Elle jette le torchon mouillé sur son épaule et se retourne, visage barré d'un rictus.

— Qui tu crois que tu vas attendrir ?

L'eau coule à grands flots dans l'évier.

— Si tu veux savoir, j'ai des dettes. J'ai emprunté de l'argent parce que j'étais sûre que je gagnerais beaucoup.

— Dans quel merdier tu t'es encore fourrée ?

Arlette inspire une goulée d'air et, d'un souffle, déballe tout.

— Moi, je connais les chevaux, je me souviens de toutes les astuces de papa, à Ksar Saïd. Jusqu'à présent, ça fonctionnait. Eh ben ça ne fonctionne plus, figure-toi, je ne comprends pas. Azraq…

Marcelle fixe des yeux ronds sur sa fille, répète avec elle « Azraq ». Elle n'a pas prononcé ce nom depuis la mort de son mari, le 9 mars 1945. Elle se rapproche d'Arlette, attrape son torchon mouillé et frappe, frappe, frappe tant et plus.

— Hors de ma vue !

Elle la chasse de la cuisine, espérant, en même temps, faire disparaître la poisse et la honte. Elle ferme la porte à clé, retire sa blouse, se passe de l'eau froide sur le visage. Elle avait bien dit à Albert qu'il ne fallait pas, que ce n'était pas un endroit pour une jeune fille, Ksar Saïd. Elle avait tenté de l'alerter : Arlette poussait de travers, et voilà, voilà où on en était quelques années plus tard.

Marcelle dégoupille la boîte de tabac, coince les feuilles entre sa joue et ses gencives, mâchouille. Le mistral cogne contre la vitre de la cuisine comme si Marseille tout entière voulait s'engouffrer dans leur appartement. Derrière la porte, Arlette continue de parler jusqu'au milieu de la nuit.

— C'est pas ma faute… Il faut que tu me dépannes, maman, je te rembourserai… Je te le promets sur la tombe de papa.

*

Au matin, la maman étale l'argent sur la table de la cuisine.

— Je te donne tout ce que j'ai, même les centimes.

Ses cernes ont noirci, ses lèvres tremblent. Pourquoi aucun de ses quatre enfants…

— Tu comprends que j'ai besoin de m'amuser un peu, moi, maman ? Ici, quand je m'adresse aux gens, j'ai l'impression de parler à des plaques de marbre.

Marcelle tapote du plat de la main sur le formica pendant que sa fille recompte.

— Tu n'as pas plus que ça, tu ne me caches rien ? Et ta montre, peut-être qu'on peut la mettre en gage ?

Elle récupère le bijou – un mécanisme ancien à remontage manuel, bracelet en or 24 carats, un souvenir d'Albert.

*

Arlette traverse la Canebière, cherche la rue des Carmelins. Des rats morts ondoient dans les rigoles. Une eau bourbeuse déborde des plaques d'égout et emporte les ordures vers la mer. Devant les hôtels de passe, des tapineuses réajustent leurs résilles.

Ses yeux flottent sur le plan. Carmelins... Un inconnu attrape son bras et l'entraîne vers une porte vitrée. Elle se dégage, cavale vers la porte d'Aix et tombe par hasard sur la devanture noire, « Chez Moulay » inscrit en lettres d'or. Elle avance dans le magasin où s'encanaillent les jeunes gens de bonne famille. Odeur de cuir des blousons pendus aux cintres, jeans, cabans américains... Ici, on vend au poids, on concède aussi des prêts.

Le créancier est assis derrière sa caisse enregistreuse. Elle murmure « Jojo », son sésame. Le bonhomme replet, joues tombantes, cheveux crépus, redresse la tête. Cinquante mille, écrit-elle sur un papier. Il agite l'index, impossible.

— Mais Jojo m'a dit.

Il lui tend une enveloppe.

— Là-dedans, maximum que je peux. Faut rendre dans quinze jours, petit pourcentage pour les amis de mes amis.

Elle ressort avec les billets, s'assoit dans l'arrière-cour. Elle recompte, enfouit le magot sous l'armature de son corset, reboutonne son chemisier, veste Chanel par-dessus.

Pas suffisant.

*

Elle n'a pas le choix, il faut qu'elle se refasse – miser l'argent de sa mère, celui de Moulay, bien choisir son canasson. Il faut qu'elle se refasse, oui, pour payer un docteur. Le visage de Lola noircit chaque fois qu'elle tousse désormais. Mais l'hôpital traîne une réputation de mouroir. Quant aux cabinets privés, autour de son travail, ils sont hors de prix.

Elle va tenter le tout pour le tout. Elle a bien droit à une dernière chance, non ? Elle se présente boulevard Paul-Peytral. Un type bossu, flingue sous le blouson, lui barre le passage.

— Toi, la Ravalli, t'es bordurée.

Boulevard Chave, la salle de jeu respire la gagne avec ses lustres dorés et les vitraux d'où filtre une lumière orangée. Ici, personne ne connaît ma grand-mère. Au creux de mes nuits sans sommeil, dans le noir, je tempête, Tu déconnes, mamie, arrête maintenant, ce n'est pas trop tard. Mais elle ne m'écoute pas, évidemment, elle n'écoute personne.

Arlette avance, jambes cotonneuses, enveloppes de cash pressées contre son cœur et, devant les baraques, comme dans un rêve, elle encoche. Jojo tente de retenir son bras : ce cheval court dans la gelée, aucune chance de gagner.

Elle ne l'entend plus, écarquille les yeux, décolle. Pendant quelques minutes, elle ne sent plus son corps jusqu'à ce qu'Azraq franchisse, premier, la ligne d'arrivée.

Jojo l'attrape par l'épaule. Il faut se tirer de là. Mais proie d'une nouvelle fulgurance, elle glisse sa carte, mise gagnant sur le tocard encore une fois. Pourquoi jouer petit bras ? La fièvre perle sur son front.

Dans les derniers mètres, son coureur est devancé d'une hanche par un numéro 13 que personne n'a vu venir.

Arlette perd tout.

Elle scrute l'auriculaire gauche de son collègue. Il fait non de la tête, impossible de retirer cette chevalière, incrustée d'une tête de Maure, sans se trancher le doigt. Elle y est comme scellée depuis qu'un été, à Calenzana, son grand-père l'avait ôtée de sa phalange pour la lui enfiler.

Arlette gémit. Du plomb coule dans ses entrailles. La brûlure ondule. Elle court vers la porte des WC. L'odeur de pisse, la merde étalée sur les murs la font reculer. Ce couloir détonne avec le standing de la salle de paris. Mais elle ne peut plus attendre. Elle se précipite vers les latrines, retire sa gaine-culotte, s'accroupit et se vide. Elle était certaine de se refaire et elle n'a plus rien. Zéro.

*

Arlette devra déposer au clou les bijoux que Sauveur lui a offerts au début de leur mariage. Demain, après-demain, elle réclamera un prêt sur gages. Mais ce ne sera pas suffisant pour rembourser la maman, Moulay, le Corse. Cela permettra tout juste d'acheter à manger.

Arlette traverse la ville, à pied, ses souliers à la main. Un déluge d'eau puante noie les voitures qui luttent contre le courant. Quand elle arrive à Sakakini, hagarde et trempée, les secours s'agitent sur le palier. Les voisins attendent dans l'entrebâillement de leurs portes. La maman est affolée, Rosie, prostrée dans un coin, tête cachée entre ses bras. Dans son berceau, Lola a les yeux révulsés, les membres raides et le teint cendreux qui préfigure la mort.

L'ambulance pile devant l'hôpital de la Conception. Des blouses blanches détachent le brancard, filent dans le corridor. Une porte à hublot claque. Derrière le verre feuilleté, Arlette ne distingue plus sa fille. Tout tourne autour d'elle, les murs en crépi beigeasse, un fauteuil roulant.

Il faut attendre et prier, se promettre d'arrêter de jouer, de rembourser les dettes, se jurer que plus jamais les courses, plus jamais le rêve d'un week-end à Chantilly ou à Longchamp.

*

— Exacerbations bronchiques, respiration sifflante : asthme sévère, diagnostique le pneumologue sans la regarder. Intubation endotrachéale, avec les risques que cela comporte sur un bébé…

Il a l'air si jeune, comprend-il l'effroi qui la saisit entière, le vide sous ses pieds ?

— … perforation de l'œsophage, coma… On soupçonne une polypose naso-sinusienne, ce qui aggrave les symptômes.

Il faut joindre Sauveur à Tunis, d'une manière ou d'une autre. Mais admettons qu'il débarque, demain, sur le quai de la Joliette, elle ne pourra pas faire semblant. Il percevra, à sa voix éraillée, à ses mimiques, les tourments qui désormais la gouvernent – pas uniquement la maladie de la petite, mais aussi Moulay, le Corse, les bookmakers.

— La ventilation mécanique permet de relayer les muscles respiratoires de votre bébé. À dix minutes près, c'était fini.

Le médecin se penche sur le bureau :

— Regardez la crasse sur les murs de notre ville, c'est ce qui se dépose dans les bronches de votre fille. Quittez Marseille, madame, ce n'est pas un endroit pour vous. Trouvez du travail à

Gap, à Sisteron. Déménagez à la montagne pour sauver votre enfant.

Le lendemain matin, Lino Ventura réapparaît dans le sillage d'Arlette. Il est mandaté par le Corse qui réclame son dû.

Je me suis vantée de mieux tenir l'alcool que mes amis bellilois, ceux qui commencent à boire de bonne heure et avec un certain entraînement. Désormais, après quelques verres, tout tangue autour de moi, les murs dégueulent, le sol se dérobe sous mes pas.

Lors d'un festival du livre, à Chambéry, au printemps 2021, je retrouve un ami auteur qui, pour avoir vécu de nombreuses années en Russie, est capable d'absorber de la vodka sans jamais défaillir. Il m'en sert des seaux. Au milieu de la nuit, bras dessus bras dessous, nous forçons la porte de la salle de sport de notre hôtel. Entre deux lampées, nous effectuons des exercices sur le rameur, baguenaudons sur le tapis de course et chantons à tue-tête avec les chœurs de l'Armée rouge. C'est un bon moment mais, contrairement à lui, j'ai l'alcool maussade. Soudain, je pantelle, cage thoracique et menton secoués, besoin de me cacher pour pleurer. Sans saluer mon camarade ni le remercier pour la soirée, je retourne dans ma chambre, me trompe de porte, réveille mes voisins et finis par m'écrouler tout habillée sur le couvre-lit.

Je me redresse à l'aube, cerveau troué. Où suis-je ? Qui suis-je ? Je n'ai que des flashs de la nuit précédente, me revois, pieds nus, sur le rameur, à accepter un autre verre de vodka. Dans le miroir, mon reflet est flou, mon teint gris. J'ai superbement honte. Une fille qui boit, oui, c'est la honte, tellement la honte que seuls des mots odieux fusent à son sujet, pochtronne, soûlarde, aucune compassion.

Je cherche un spécialiste de l'alcoolodépendance, je veux consulter, c'est une urgence. B. lève les yeux au ciel. Pour un écart de temps à autre, il trouve que j'exagère.

— Mais si ça peut te rassurer…

*

Le masque FFP2 m'empêche de respirer mais dissimule mon visage, ce qui m'arrange. Regard fixe sur le bout de mes chaussures, doigts enchevêtrés, j'ai si peur de me faire gronder. Je bredouille que les chats ne font pas des chiens, m'embrouille, elle fume, boit, grossit, je ne m'aime plus, c'est le chaos dans sa vie, dans ma vie, j'ai pris dix kilos en quelques mois, je ne me reconnais plus. Elle flambe. Moi, je n'ai jamais joué, c'est déjà ça, en revanche, l'alcool, je suis incapable de résister, ça dilue ma peur quand la nuit tombe. Je patauge, mauvaise passe, mauvais *passé*.

Je ne sais plus si c'est moi ou ma grand-mère que je tente de soigner. Je relève la tête, regarde le médecin pour la première fois depuis le début de la consultation. Un sourire plisse ses yeux et m'encourage.

— C'est héréditaire, l'alcoolisme ?

— Vous me demandez si c'est génétique ?

J'acquiesce.

— Il n'y a pas un gène de l'alcoolisme à proprement parler, mais un tempérament, en partie génétiquement déterminé, des « dispositions » qui mènent à une surconsommation : l'intolérance à l'ennui et à la frustration, la recherche de sensations fortes et un côté je-m'en-foutiste. La personne se dit : « Il faut me prendre comme je suis. »

Tout Arlette, tout moi.

Un de ses poèmes préférés était de Prévert, « Je suis comme je suis ». Elle le récitait par cœur, certains soirs, quand on se couchait dans le canapé-lit, aux Trois-Lucs.

« Oui j'ai aimé quelqu'un, oui quelqu'un m'a aimée. »

*

Craving, irrépressible envie d'un verre, dipsomanie, impulsion morbide à boire avec excès et par périodes, le médecin définit, je prends des notes dans un cahier, élève sage qui se documente, Marguerite Duras de pacotille, roupie de sansonnet, me murmure une petite voix méchante que personne n'entend jamais, à part moi.

Je voudrais tant sortir de ce cabinet médical avec une ordonnance, un médicament pour tout gommer, le souvenir honteux de la nuit sur le rameur à entonner des chants russes, ma terreur à la nuit tombée, mon héritage et même le besoin d'écrire.

Mais le médecin encourage mes recherches, l'idée de ce roman, et me fixe rendez-vous six mois plus tard.

Marseille. 5 juillet 1961.

Urgent. Lola à l'hôpital, asthme sévère. Il faut venir. Baisers tendres.

Tunis. 7 juillet 1961.

Mon amour. Suis près de toi. Envoie ma force à Lola. Départ retardé cause Bizerte. Lettre suit. Baisers et intenses prières.

« Cause Bizerte » ? Arlette ne lit plus les journaux. Elle ignore que, depuis plusieurs mois, la base militaire de Bizerte, est source de tensions. Cette enclave stratégique est revendiquée par les nationalistes tunisiens qui élargissent une artère et empiètent sur les jardins de l'ambassade de France. En réponse, les Français étendent la piste d'atterrissage de Sidi Ahmed et débordent de 1,5 mètre sur le territoire tunisien. Bourguiba réclame l'évacuation totale de Bizerte. Des volontaires construisent un mur à la limite de la piste aérienne et creusent des tranchées pour isoler la base sous contrôle français.

Arlette attend un courrier explicatif. Mais les services postaux fonctionnent de manière aléatoire depuis que les relations se sont tendues entre la France et son ancien Protectorat. Lola est toujours intubée, son pronostic vital, engagé, et rien dans la boîte aux lettres ne justifie l'absence de Sauveur à ses côtés.

— « … j'ai trop pleuré ! Les Aubes sont navrantes… »

Arlette récite « Le Bateau ivre », à plat ventre, dans l'église Saint-Ferréol, se cogne le front sur les dalles et sanglote. Des fidèles se plaignent, il faut évacuer cette Sarah Bernhardt.

— Vous ne pouvez pas rester ici, madame, gronde le curé.

Elle s'accroche à sa soutane.

— Par pitié, mon père, il faut que Lola vive.

*

À Tunis, l'été déploie sa chaleur monotone. Sauveur coche les jours sur son calendrier. Il a demandé un reclassement aux PTT « en métropole », vendu l'appartement de la rue de Corinthe. Il habite depuis quelques mois dans une chambrette de la Résidence de France et prépare ses valises.

Madabiya, il veut les retrouver, enfin !

Pendant des semaines, Sauveur se couche en se disant ce mot, « madabiya ». Je téléphone à une amie tunisienne, linguiste, pour me renseigner sur cette expression que j'entendais dans mon enfance sans la comprendre. De l'arabe dialectal passé dans le parler des Siciliens de Tunis, m'apprend-elle. « Qui exprime un désir ardent ».

Mon grand-père se lève, fait couler un café, madabiya, lit le journal sans rien comprendre au monde tel qu'il va, madabiya, il a tellement envie de serrer Arlette contre lui.

*

Madabiya, mais depuis quelques jours, les combattants nationalistes s'enterrent dans des boyaux, aménagent des postes de tir.

— C'est une guerre d'ego entre de Gaulle et Bourguiba, glose Boegner, le nouvel ambassadeur de France, sur la banquette arrière. Les Arabes sont à cran avec leur souveraineté naissante. Vous craquez une allumette et ça s'embrasera comme à Alger.

Le ton n'est plus à la pacification.

« Aucune solution ne sera trouvée à Bizerte si cette atmosphère de passion et cette menace de manifestations populaires continuent », écrit-il au gouvernement tunisien. Réponse immédiate de Bourguiba, par voie de presse : si la France n'évacue pas Bizerte, les Tunisiens l'en chasseront.

Le soir même, Sauveur reçoit le télégramme d'Arlette. « Asthme sévère. » Malgré ses « madabiya » répétés à l'envi, il a interdiction de quitter le pays, jusqu'à nouvel ordre.

*

Des émeutes éclatent le 19 juillet 1961, un conflit bref et sanglant : grenades contre la porte de l'arsenal de Sidi Abdallah, réplique, tirs à l'arme lourde contre des hélicoptères de l'armée française, réplique. On dénombre une vingtaine de soldats français tués, des milliers de morts du côté tunisien, des disparus.

Des barrages sont installés sur les larges avenues plantées de palmiers. Sauveur échappe de justesse à une rafle nocturne. Lors de son arrestation, il s'adresse au voltigeur dans un arabe parfaitement maîtrisé. Chevelure crantée, peau mate et regard noir : dans la pénombre, il passe pour l'un des leurs. On le laisse filer.

Début août, Arlette reçoit un télégramme laconique :

Je suis vivant. J'arrive.

Mais avant de fuir son pays de naissance, Sauveur doit retrouver Gigi. Dans l'embrasement du mois de juillet, alors qu'il traînaillait près de la zone des combats et des dépôts pétroliers de Menzel Jemil, sur la rive nord du lac de Bizerte, son ami a disparu.

*

Des semaines passent sans nouvelles de Gigi. Un soir de septembre, il réapparaît devant l'ambassade de France. Mâchoire explosée, balafres dans le dos, il se balance d'avant en arrière. Les simulacres d'exécution l'ont rendu fou.

Les Tunisiens lui reprochent d'avoir été un activiste de la Main rouge, engagé dans l'assassinat de Farhat Hached en 1952.

— Putain, Sauveur, ça fait presque dix ans, et personne n'a aucune preuve.

Gigi est libre mais des factions sont à ses trousses.

— Ils m'ont fait sortir pour des raisons politiques, contenter Paris, obtenir des garanties pour

Bizerte, la libération de prisonniers tunisiens. Mais je suis condamné à mort… Ils m'arracheront les yeux, jetteront mon corps aux vautours.

Gigi s'accroche au bras de Sauveur.

— Me laisse pas ici, amico.

Il y a longtemps, un soir d'été, mon grand-père s'y était engagé : en cas de coup dur, il serait là. Il ne s'était pas dédit sur les rives du Rhin, il ne se dédirait pas à Tunis, quel que soit le prix à payer pour secourir son ami.

— Je vais te sortir de ce bourbier.

Ravalli, ravalement, ravaler. Sur le divan du psychanalyste, je m'amuse avec le nom de jeune fille de ma mère. J'ai honte de ce patronyme sans parvenir à interpréter cette impression poisseuse de souillure quand je le prononce.

Ravalli, avaler, avili. Je m'agace et me relève, claque la porte en oubliant de payer.

Ravalli, ravioli. Au cours Chevreul, l'institution catholique pour les jeunes filles de bonne famille où Rosie est scolarisée, ses camarades la surnomment « Ravioli » et se moquent de son adresse de pauvre, aux Trois-Lucs, loin des villas du Roucas-Blanc et des hôtels particuliers du boulevard de la Libération où elles habitent.

Elle peut bien faire semblant, imiter leur phrasé, porter des robes de princesse, elle ne fait pas illusion. Elle est la seule à arriver en tramway le matin, main agrippée à la poignée coulissante, son cartable neuf dans le dos. Elle trimballe cette odeur du tout-venant, perceptible dans le froissement du chemisier, des auréoles de transpiration sous les bras, une trace de boue sur le vernis des chaussures, le talon rogné. Les élèves, avec leurs airs d'infantes, se moquent de ses taches de rousseur et de sa protrusion dentaire qui l'empêche de fermer la bouche. Aucune ne lui adresse la parole. Elle attend, sous le préau, la fin de la récréation, n'est jamais conviée aux surprises-parties. Elle ne pourrait, de toute façon, rendre l'invitation. Chez elle, Arlette et Sauveur se déchirent. Elle ne sait jamais dans quel état elle trouvera sa mère, en rentrant de l'école, vêtue comme une reine ou en déshabillé de soie, un verre de gin à la main.

Les fillettes font des messes basses. Elles répètent ce que colportent leurs parents, à la table familiale : madame Ravioli fait la putain dans les bars du centre-ville, ce qui lui permet de payer cette école pour jeunes filles riches et des vêtements de marque. Et vous savez quoi ? Il paraît qu'en plus elle est mariée avec deux hommes.

*

Je téléphone à Lola.

— Je veux qu'on parle de mamie.

— Viens me voir à Marseille si tu veux, on boira des coups, on chantera… *Dio mio !* On a tellement besoin de faire la fête !

La cartomancienne étale le jeu de tarot sur le tapis de velours. Arlette pioche. Diable, mort, jugement. Une goutte de sueur coule sur sa tempe. Force, impératrice. La voyante caresse les créoles dorées à ses oreilles et, de l'ongle, désigne la femme assise sur un trône, sceptre et bouclier dans les mains.

— Figure maternelle du tarot de Marseille... Une conquérante qui incarne le Féminin sacré.

Elle parle lentement, en détachant les syllabes.

— L'impératrice est sévère. Elle ne se contentera pas d'un manque de clarté dans votre gestion financière.

Arlette retient son souffle.

— Force... La personne que vous êtes à présent est différente de celle que vous étiez auparavant. Vous êtes désormais convaincue de l'importance de défendre votre autonomie.

Elle voudrait rester là pendant des heures, à écouter la voix suave de cette diseuse de bonne aventure.

— Les gains qui vous attendent ne seront obtenus qu'au prix d'un sacrifice. Vous ferez face à certaines embûches pour les obtenir.

Elle se sent bien dans cette caravane, protégée par les tentures moirées et le rideau d'étoiles tendu au plafond. Mais la femme glisse les cent cinquante francs dans son caftan noir brodé d'or et indique la porte, d'un coup de menton. Arlette s'en va. Ses talons s'enfoncent dans la gadoue. Une lumière automnale nimbe le terrain vague, à Château-Gombert, où une file de pauvres gens attend de se faire prédire un avenir.

*

Jojo a trouvé sa martingale, jouer Chaloux, systématiquement, doubler sa mise après chaque course. Dans la zone des paris, à Borély, il s'avance, les yeux embués. Si Chaloux perd, il sera ruiné. Il devra céder la résidence de Calenzana et sa collection de montres, les meubles Louis-Philippe de ses parents.

Coup de sifflet, les portes s'ouvrent. Dans ses jumelles, Chaloux traînasse. Les murs de sa maison se pulvérisent. Jojo écume, Enculé ! Enculé ! La place du village, les platanes, le terrain de boules, tout s'envole et disparaît dans un cyclone. S'il vend à un étranger, il sera mis au ban de la famille. Mais Chaloux s'emballe et triomphe avec une encolure d'avance sur la ligne d'arrivée.

C'était cuit, c'est gagné. Le million ! Jojo exulte, convertit la somme en anciens francs car, en anciens francs, la victoire est plus belle : cent millions ! Gloria à tè, Jojo !

*

Devant les portes coulissantes d'EDF, rue Roux-de-Brignoles, le chauffeur privé leur ouvre la portière d'une DS gris métallisé. Jojo s'engouffre derrière Arlette. Au Rhul !

Terrasse face à la mer, coucher de soleil sur le Frioul, Château Trotte Vieille 1945 : Arlette feint d'être une habituée des accords mets-vins, du service ampoulé, couteau à poisson, fourchette à huîtres et à entremets, où en est-elle déjà ? Elle craint de rater sa bouche, tremblote, renverse une goutte de vin sur la viscose blanc cassé de son tailleur. Elle éponge à la va-vite. Rien de plus intime que manger avec un homme.

Il sort son portefeuille d'où dépassent cinq cents francs. Ils ont été traités comme des princes, il laisse un gros pourboire.

Elle se penche sur la table, frôle ses mains.

— Je suis dans la mouise, collègue.

Il commande un autre digestif et l'écoute, menton posé sur ses poings. Elle hésite quelques secondes, puis déballe tout, les Corses, le délai, le prix de Sakakini, une mort certaine au bout du compte.

Elle agrippe sa main, le supplie.

— Aide-moi, Jojo, s'il te plaît !

Et lui entend « Aime-moi », alors il acquiesce sans réfléchir. Il l'aime déjà. Il l'aime depuis qu'il l'a vue apparaître dans l'embrasure de la porte de leur bureau, le jour où elle a été embauchée.

— De combien tu as besoin ?

Elle chuchote le montant.

— Je m'en occupe.

*

Il fait nuit quand ils quittent le Rhul. Ils traversent la Corniche, s'engouffrent dans le hall du Petit Nice. Le groom ouvre la porte de leur chambre, les fenêtres en grand sur une mer d'encre.

Jojo caresse la chevelure de ma grand-mère, déployée sur l'oreiller. Elle ferme les yeux. Rien qui ne lui plaise, rien qui ne lui déplaise vraiment, il est gentil, se dit-elle, elle a tellement besoin de gentillesse.

Elle ne rentre qu'au petit matin boulevard Sakakini. La maman l'attend dans l'entrée, lui tend un télégramme et retourne en cuisine. Les casseroles claquent les unes contre les autres, bris de verre sur le carrelage, eau qui gicle.

Sauveur arrive dans quelques jours à Marseille. Par bateau ou par avion ? Quelle heure, quel jour exactement ? « J'arrive », sans aucune précision. Demain, après-demain, ce sera fini ! Il faudra renoncer au jeu, aux soirées exquises avec Jojo, à cette nouvelle vie qui s'annonçait légère, enfin.

Au début des années soixante, les frères Guérini sont les parrains de la pègre marseillaise. Mémé et Antoine ont sauvé la vie de Gaston Defferre, à plusieurs reprises, pendant la guerre. Malgré ses dénégations publiques – dans les journaux et à la tribune du Sénat –, le maire a gardé contact avec eux, par le biais d'intermédiaires, depuis leur action dans la Résistance et leur soutien aux maquisards et aux Juifs.

En quelques années, les Guérini ont placé leurs fidèles à des postes clés de la municipalité et dans diverses administrations. Ils tiennent la ville. Il suffit de prononcer leur nom pour que, naturellement, les portes s'ouvrent.

Jojo n'a pas besoin de négocier un délai avec eux. Il passe dans un bistro, près de la villa d'Antoine, et rédige un message sur un sous-bock. Depuis une cabine, il demande le numéro du Picciu, un bar de Calenzana, et profère :

— *Fà mi cunfidenza.*

Comme les gangsters, Jojo a grandi dans ce village de Balagne. Leurs mères sont cousines germaines. Leurs grands-mères étaient sœurs. Quand il parle de ses « petits-cousins », il désigne la fratrie entière, les cinq garçons Guérini et les deux filles dont l'une porte le prénom rare de sa mère, Restitude.

Jojo n'est pas un trafiquant, pas même une petite main dans la contrebande de cigarettes, les réseaux de prostituées ou les affaires de drogue. Ses mains tremblent trop pour saisir un Colt 45 et tirer deux balles dans la tête d'un traître. On dit tout bas qu'il ne tient pas la route, même au lit avec une fille. On se moque un peu mais surtout on le plaint pour la cassonade qui coule dans ses veines. Son pancréas ne sécrète pas d'insuline, il lui faut des injections quotidiennes.

Le sucre est un poison pire que l'héroïne livrée depuis Istanbul et que les truands affrètent vers New York. À Restitude, les médecins ont annoncé, dès le premier coma à l'âge de quatre ans, que l'espérance de vie de son unique fils serait courte.

Antoine Guérini a fait intervenir les Corses de Force ouvrière pour trouver un emploi à Jojo à EDF. Les arrêts maladie ne sont jamais vérifiés, les congés accordés sans négociation. Certains midis, le malade rentre à la Plaine, chez ses parents, pour faire la sieste et ne retourne pas travailler.

Il ne prend pas part au business de ses petits-cousins ni à leurs réseaux constitués de plusieurs familles corses et connus sous le nom de « French » ou « Corsican » Connection. Mais comme eux, il met un point d'honneur à mentir à la police. Parler, c'est déjà trahir, et la moindre infidélité au clan Guérini entraîne la mort. Chez eux, pas de renégat. La loyauté, c'est sacré, au moins autant que la famille.

*

Toute mon enfance, j'ai entendu parler des petits-cousins de Jojo, les Guérini, sans jamais faire le lien avec le grand banditisme – comment l'aurais-je pu ? J'étais une petite fille.

Les adultes évoquaient à voix basse des gens qui roulaient dans des coupés sport que mes parents ne pourraient jamais se payer. Ils étaient importants, ces gens, mais invisibles, des ombres dans la vie de mes grands-parents, dont je ne percevais si elles étaient bienfaitrices ou menaçantes.

*

Avec ses gains aux courses, Jojo rembourse les dettes d'Arlette – Moulay, le Corse, une obole pour Lino Ventura, une enveloppe pour la maman. Certains soirs, ma grand-mère invente une réunion tardive et le rejoint au Petit Nice. Elle se déshabille et, pendant des heures, le laisse caresser sa nuque et le galbe de ses seins. Elle vibre quand ses doigts habiles frôlent la peau fine entre ses cuisses.

Les semaines suivantes, Arlette rejoue l'équivalent de la valeur de son appartement, sous les dorures de la salle du boulevard Chave.

Elle prétexte les horaires du service de réanimation, et manque le travail, un jour, deux jours, une semaine entière. Elle ment à Jojo, allègue une dégradation de l'état de santé de Lola. Elle veut être seule, redoute que son « collègue », comme elle le désigne toujours, lui porte la poisse.

Elle chancelle devant les guichets, excitée à la perspective d'un gain immense. Une victoire et elle passera le permis de conduire, partira sur les routes, solitaire et libre, affranchie des contingences.

Elle veut éprouver encore la vague chaude dans l'estomac lorsque les chevaux sont lâchés. Mais c'est le vide, un gouffre sous ses pieds, car de nouveau elle perd tout. Les créanciers sont sur ses talons.

Mayenne-Marseille : 1 000 kilomètres, 9 h 14 en voiture, m'indique le GPS, sans compter les pauses. Je traverse la France en diagonale. Autour de moi, les paysages dégoulinent – des peintures de Dalí.

Au bout de quelques heures de route, la commande vocale Siri débloque, me rappelle mon itinéraire en arabe, en italien, puis de nouveau, en français. Quand je demande à intelligible voix d'appeler « Mum », l'application me répond froidement :

— Je ne trouve pas « Mum » dans vos contacts.

J'insiste, Appeler mum, supplie, Appeler « Mum ». Elle rétorque :

– Voulez-vous que je me souvienne que « Mum » est votre mère ?

Ma voiture trace l'itinéraire, choisit la langue, prend le contrôle. Elle devient folle – ou bien est-ce moi qui déraille, les mains sur le volant ?

*

Je me gare devant la maison de Lola, à la Pointe-Rouge.

— Installe-toi dans le jardin, ma chérie, commande-t-elle depuis le vasistas de la salle de bains.

Une demi-heure plus tard, ma tante apparaît, perruque blonde sur la tête, robe à plumes rouges et talons argentés hauts de vingt centimètres, grimée en Dalida.

— Les masques, la distanciation, tout ce bazar, ça va nous rendre folles, à force…

Elle me tend une bouteille de vin en guise de micro.

— Il faut faire la fête, Olivia !

Ensemble, nous chantons « Mourir sur scène », comme des sœurs proches en âge, devant le miroir en pied de son entrée.

Il n'y a aucune place pour mes questions. Quand je la quitte sans même avoir prononcé le prénom de ma grand-mère, Lola m'interpelle du seuil de sa maison.

— Au fait, à propos de mamie…

Je coupe le moteur, dans l'attente d'une révélation. Mais c'est une menace, d'un air mauvais que je ne lui ai jamais vu, l'index pointé vers moi.

— Ne va pas raconter qu'elle était alcoolo, hein. Chez nous, c'était festif. On buvait, on tapait le carton, on chantait… Rien de bien méchant.

— Elle était malade, ne puis-je m'empêcher de rectifier. Malade d'alcool, malade de jeu, malade de toutes ses addictions. Malade !

— Tout de suite, les grands mots… Toute la France picole, Olivia, car en France, la picole, c'est culturel !

Elle se détourne.

— N'en parlons plus, allez, adios !

— Tu parles pas, pas un seul raclement de gorge, avait commandé Sauveur. Sinon, on est morts.

Il ne supporterait pas les dents cassées à coups de burin, les ongles retirés à la pince, cette douleur si intense qu'il dénoncerait des camarades, l'ambassadeur, pourvu qu'on l'épargne. Aucun courage, *poverino*, tu n'es qu'un lâche.

Il a enroulé Gigi dans un tapis de Kairouan qu'il a chargé dans le coffre d'une Peugeot, et attend pendant des heures sur le port de Tunis. Les militaires défilent, fusil à l'épaule. Des bergers allemands reniflent les jantes et la carrosserie de chaque automobile stationnée sur le terre-plein. Sauveur garde les mains serrées sur le volant, contracte la mâchoire. Il brandit un laissez-passer. On lui fait signe d'avancer.

Il embarque sur le paquebot, s'enferme dans les latrines, y reste une heure, deux heures, peut-être davantage, malgré les impatients qui tambourinent à la porte. Il ne veut pas sortir, il sent déjà la pointe froide d'un canon sur la peau, la détonation brève du revolver, la fin.

Dans la nuit, il rejoint sa cabine en rasant les murs. Un homme ronfle sur la couchette supérieure, tête posée sur un baluchon kaki. À travers le hublot, Sauveur n'aperçoit que le reflet satiné de la Méditerranée. Il a manqué le départ, sa ville qui s'éloigne lentement, le continent africain tout entier qui se décroche, une fois les amarres jetées. Il n'a pas vu, une dernière fois, Carthage, les maisonnettes blanches tels des coquillages posés sur une côte taillée à la serpe.

Au petit matin, quand Marseille se dessine à l'horizon, il allume une Gitane, coudes posés sur le bastingage. Dans quel état retrouvera-t-il Gigi ? Le colosse est si fragile depuis son séjour en prison. Il sera déshydraté, peut-être mort.

Son ami lui a juré qu'il tiendrait le coup, trois, quatre jours, dans ce tapis aux motifs stylisés. Quand Sauveur le déroule, sur le quai de la Joliette, Gigi lui sourit et lui dit juste :

— Tu vois !

*

Sauveur sait ce que veut dire la guerre, ses ricochets dans le corps et la tête. Mais la plus dure épreuve l'attend boulevard Sakakini.

Il n'a pas vu Arlette depuis un an et quatre mois. Il ne reconnaît plus son visage – la crispation qui raidit les muscles du cou, sa chevelure terne. Quand il rêvait d'elle, dans la chambrette de la Résidence de France, une autre image s'imposait, celle d'une jeune fille en robe coquelicot. Où est-elle passée ?

— J'ai plusieurs mauvaises nouvelles à t'annoncer, lui dit-elle.

Tout tourne autour de lui, le papier peint bleu pâle, ses beaux-parents dans le cadre, sur la table de nuit. Il est écrasé de fatigue mais se redresse sur un coude pour l'écouter.

— On doit envoyer Lola au sana. J'ai trouvé une adresse près de Gap.

Arlette lui tend un feutre et une fiche d'inscription.

Est-elle vraiment sûre ? N'est-il pas préférable... ? Un bébé de son âge ? Il se questionne mais signe d'une main molle. Il s'enfonce dans le matelas, respire l'odeur de sa femme sur l'oreiller, entortille un cheveu blond sur son doigt. C'est plaisant, sa chaleur à portée de main. Demain, ils feront l'amour et tout ira bien. Ils recommenceront à vivre tranquillement.

Très loin, toutefois, elle murmure :

— Et par ailleurs…

À quoi bon continuer à parler alors qu'il flotte, ça y est, il dort.

— On doit vendre Sakakini.

La lampe de chevet tombe, l'ampoule se brise. Ils évoluent dans la pénombre. Sauveur s'agite soudain, ouvre les commodes, fouille sous les valises, découvre des taffetas multicolores, un vison, des tailleurs-pantalons Courrèges, que du neuf acheté au prix fort, du luxe, des habits jamais portés, certains laissés dans leur emballage de soie.

— *Puttana di tua madre…*

Arlette replie ses jambes entre ses bras. Il s'approche, épaules en avant, butor, brandit le dossier sur lequel est inscrit « Azraq » en lettres capitales, étale les fiches sur les chevaux, épluche les articles découpés dans *Paris-Turf*, Carmélite Rouge, Chaloux, Aloysius, feuillette les pages de calculs.

Elle hausse les épaules.

— Tu n'as donné aucune nouvelle pendant des mois, Sauveur, tu m'envoyais juste tes mandats ridicules… J'ai dû trouver des ressources, seule, et maintenant tu te pointes avec ta tête de *contadino* sicilien et tu me demandes des comptes ?

Il lève une main. Elle se réfugie dans un angle de la chambre. La fenêtre est ouverte, une tentation d'une demi-seconde, le vide, se jeter dans le vide, comme sa sœur Perline autrefois, pour échapper à la fureur de son mari. Mais elle argumente : s'il accepte de vendre Sakakini, ils auront réglé toutes leurs dettes.

— Qu'est-ce que tu racontes ?

— Je n'ai pas de comptes à te rendre, Sauveur. Ici, je gagne ma vie mieux que toi.

Il se jette sur elle et frappe à l'aveugle.

*

Rosie se tient dans l'embrasure de la porte, mains sur les oreilles, la maman à ses côtés. Sauveur les bouscule, enfile ses mocassins et claque la porte de l'appartement.

Il erre dans les ruelles sales. Comment Arlette est-elle entrée dans ces affaires de bourrins que seuls les hommes comprennent ? Il s'allonge sur un banc. Ils n'ont plus que quelques milliers de francs bloqués sur un compte à Tunis, sa femme est une outre trouée, comment vont-ils faire ?

Il cherche des réponses dans le ciel étoilé,

s'endort, vogue sur une pirogue. Le lit de la rivière se rétrécit. Les berges se parent de mangrove. Derrière les feuillages, Rosie et Lola babillent. Il veut les rejoindre, patauge, casse sa rame. Ses filles sont emportées par le courant, leurs mains agrippent les branchages. Il voudrait les aider mais n'y parvient pas. Arlette ricane, Incapable. Elle est si belle dans sa robe de soie moirée, elle ricane encore, Quand le foin manque au râtelier, les chevaux se battent. Des sabots claquent sur l'herbe, les bêtes se rapprochent. Il se réveille en sueur. Un policier lui ordonne de partir.

*

Sauveur pousse la porte de l'immeuble. Jusqu'au matin, Arlette sanglote en lui détaillant leur comptabilité.

— Je n'ai juste pas eu de chance.

— Mais la chance, ça n'existe pas !

Elle lui dissimule un reliquat de dette, dix mille anciens francs, une paille, qu'elle doit à un bookmaker du boulevard Paul-Peytral – un sorcier qui l'a bernée à propos d'une pouliche de première catégorie, soi-disant, en fait, un tuyau crevé.

Elle réglera cela, plus tard, d'homme à homme.

Je ne suis jamais allée à Saint-Victoret sur la tombe de Sauveur, ni retournée au cimetière des Vaudrans où reposent Arlette et Jojo. Depuis l'enterrement de ma grand-mère, j'évite Marseille, refuse les reportages qui pourraient m'y conduire. J'ai trouvé refuge chez B., en Mayenne, et à Belle-Île-en-Mer où j'écris mes livres, le plus loin possible de la nodosité familiale.

Mais au mois de mai 2020, après avoir passé quelques jours avec Lola, je bifurque. Avant d'entrer sur l'autoroute, je me gare dans une station-service et consulte des sites internet de locations touristiques.

Gardanne, Bouc-Bel-Air, Éguilles, maisonnette meublée face à la colline pour une personne. Dans mon message aux propriétaires, je précise que j'ai besoin de solitude, de calme. Je cherche un logement pas trop « baigné de soleil », selon l'expression en vogue chez les agents immobiliers.

Je n'aime pas la luminosité et pour tout dire, si je pouvais habiter dans une cave, je m'en accommoderais parfaitement.

Je clique, paie, reçois un mot de bienvenue standardisé et les informations pour me rendre dans cette campagne, près de Marseille, sans presque aucun bagage.

*

Je laisse mes fils à leur père. Je laisse B. Je laisse mon travail au journal, mon éditeur, mes amis. Je ne rentrerai pas ce soir, ni demain, ni même dans quelques mois. Inutile de m'appeler, je ne répondrai pas au téléphone.

— Tu es sûre de ton choix ? me demande B.

Voudra-t-il encore de moi, plus tard, quand je serai parvenue au bout de ce travail ? Et mes enfants ? De son écriture malhabile, mon fils cadet m'écrit des cartes postales qui labourent mon âme, « Maman, je veux que tu passes plus de temps avec moi ».

Je ferme la porte, active le mode avion.

Pourquoi préférer le face-à-face avec les morts plutôt que celui avec les vivants ? Je gratte la terre sur le tombeau d'Arlette, avec l'intuition tenace que la trouver, elle, c'est me trouver moi.

Sauveur pointe tous les matins, charge le matériel dans une estafette bleu clair où s'affiche le logo de l'administration des Postes et Télécommunications. Appuyé sur le manche du marteau-piqueur, il creuse la glaise pierreuse de cette ville inconnue qui déploie son réseau téléphonique. Il devient plus invisible que les invisibles.

La nuit, il cumule les petits boulots, livreur de journaux, colleur pour l'équipe de Gaston Defferre, dix centimes par affiche placardée sur des murs palimpsestes d'autres affiches, de tous bords politiques, « Ni gaullisme ni communisme avec Tixier-Vignancour », de syndicats, poing levé, « La lutte continue ».

Il se fait embaucher dans un hangar de la rue d'Aubagne, chez un grossiste de viande halal, prépare la farce des merguez livrées à l'aube, aux boucheries de la Porte d'Aix. Avant de fermer le volet roulant, vers 4 heures du matin, il récupère des steaks, du poulet – un petit plus à son maigre salaire.

*

Gigi a été embauché comme garagiste en centre-ville. Tous les soirs, après le travail, il boit un Ricard avec Sauveur. Arlette leur a présenté Jojo, un taiseux qui rapporte toujours une bouteille de rouge, du lonzu et des cadeaux pour Rosie et Lola. Ensemble, ils commentent les matchs de l'OM. Reims qui nous inflige un 5 à 1, ce n'est pas acceptable. Sansonetti n'a plus confiance en lui alors qu'il ne rate jamais un but, c'est à n'y rien comprendre, et mon grand-père répète :

— À n'y rien comprendre.

*

Sauveur n'est plus qu'un corps laborieux, mains calleuses, dos voûté. Il malaxe le sang et la farce de nuit, et le jour, appuyé sur le perforateur, il est hanté par les carcasses d'animaux pendues aux crochets.

Malgré les billets cachés dans une boîte Banania sous le lit conjugal, il ne parvient pas à éponger les dettes de sa femme. Il faut vendre Sakakini, trouver un appartement à bas prix, s'éloigner du centre-ville.

Il sollicite le bureau du logement, à la mairie de Marseille, se cogne à la porte vitrée. Fermé. Il y retourne une fois, deux fois, dix fois. Fermé. Un fonctionnaire finit par lui ouvrir.

— Vous comprenez, avec l'arrivée massive des pieds-noirs…, justifie le bonhomme qui éponge sa sueur avec un chiffon sale. Pas assez d'immeubles pour tout le monde, pas assez de travail non plus. Estimez-vous heureux d'avoir un bon boulot, et même deux, si je comprends bien. Toutes les destructions à la Libération, pas de reconstruction depuis, et voilà, désolé, rien à vous proposer.

Sauveur revient le lendemain, insiste, ses filles, la plus jeune malade, le sanatorium, des dettes colossales. Il brandit sa croix de guerre, on ne laisse pas sur le carreau un soldat valeureux, ancien fonctionnaire de l'administration coloniale.

L'employé de bureau se lève, indique la sortie d'une main molle. Sauveur sifflote. Il connaît des gens haut placés, égrène les noms, Gorce, Voizard. Il fera jouer ses relations pour atteindre Defferre et obtenir ce dont il a besoin.

— Je ne réclame pas un appartement avec vue sur le Vieux-Port, juste un toit.

— Mais je dois vous le dire en quelle langue à vous ? Allez vous torcher le cul avec votre demande, le macaroni !

*

Je scrute une photographie d'identité en noir et blanc, que Lola a envoyée à ma nouvelle adresse. Le cliché date de cette période trouble où mon grand-père se débat pour faire vivre correctement sa famille. Derrière les lunettes aux verres teintés, posées de travers sur le nez, ses yeux noirs appellent à l'aide.

Son air hagard, le creux des joues et ses épaules saillantes sous le pull-over gris me font une peine folle. En quelques mois, il a perdu le sommeil, douze kilos, la femme qu'il a épousée et qu'il continue d'aimer, malgré tout.

*

— Je m'en occupe, propose Jojo.

Dès le lendemain, il leur fait visiter un appartement, aux Trois-Lucs – un quartier excentré mais calme : loyer modique, jouissance d'un jardin en contrebas de l'immeuble. Le propriétaire est un trafiquant, affidé aux petits-cousins de Jojo, que dans mon enfance on appelait « le Turc ».

Mais ce nouveau logement ne dispose que de deux chambres, une qu'Arlette partage avec Sauveur, une autre qu'elle aménage pour Jojo, leur bienfaiteur. Rosie couche dans le salon, sur le canapé-lit, et parfois se réfugie chez Jacky pour faire ses devoirs et dormir au calme.

Ma mère est une jeune fille avide de normalité, de soirées paisibles, seule avec ses parents, sans amis qui font la bringue en chantant « Ah ! Le petit vin blanc », sans les présentateurs André Théron et Maurice Bernadet qui braillent leurs favoris dans le poste de télévision, ni le générique de *Sports Dimanche*, à fond.

Elle rêve de vacances sur la Côte d'Azur, d'une chambre à elle, comme ses camarades du cours Chevreul. Aux Trois-Lucs, tout est si étrange, la présence de Jojo au petit-déjeuner, les pinces à encocher rangées sous une icône de la Vierge, les huissiers qui sonnent, repartent, reviennent, menacent de dégonder la porte, et à qui Arlette exige de n'ouvrir sous aucun prétexte.

Lola n'évoque jamais ses années au « sana », dans les Alpes, les maltraitances qu'elle y a subies, son désespoir de fillette abandonnée à une institution médicale qui aurait dû la soigner mais dont, à quinze ans, elle est ressortie flageolante, sans aucune confiance en elle.

Elle ne m'en a pas parlé, même quand j'ai insisté, encore moins à ses propres enfants. Elle avance dans la vie *ex nihilo*, se déguise en Dalida et, dans les réunions de famille, se tait sans percevoir que ce silence est devenu sa prison.

Je la questionne encore, elle refuse.

— J'aime ma mère même si elle m'a mal aimée, me dit-elle. Écris ça dans ton roman, juste ça.

*

Arlette a fini par passer le permis de conduire. Elle emprunte la 4L de Jojo, pour rendre visite à sa cadette. Dans le jardin face au grand chalet,

Lola pose la tête sur son épaule, caresse sa joue et répète Maman. Au bout de quelques heures, Arlette repart. La petite fille tend les bras, doigts écartés.

— Me laisse pas ici !

Mais la voiture démarre. Une infirmière l'attrape par le bras et l'oblige à retourner dans le dortoir des enfants malades.

Un soir, à la fin des années soixante, Arlette s'arrête au bord de la nationale et pleure contre le volant. À presque dix ans, Lola ne souffre plus de crises d'asthme mais ne sait ni lire ni écrire. Elle bégaie, les yeux dans le vide, s'ensauvage dans le parc de l'établissement, disparaît derrière les conifères, se roule dans la neige et crache aux pieds des surveillants quand ils menacent de l'enfermer au mitard.

Arlette veut qu'elle soit de nouveau dans son ventre, de nouveau un bébé, la reprendre à la maison. Il faut discuter de son avenir avec Sauveur. Mais ils ne se parlent plus sans hurler, leurs faces tourmentées d'où toute jeunesse a disparu.

Ce soir-là, elle pourrait faire demi-tour, installer sa fille sur la banquette arrière, Allez, on se tire. Mais de l'autre côté de la route, une enseigne lumineuse clignote : trois lettres rouges dans un hexagone blanc, fixé sur la devanture – Société protectrice des animaux. Elle entre dans le refuge et adopte deux chiots qu'elle baptise Ronsard et Lamartine, nourrit au biberon, cajole et promène dans une poussette pour enfant. Jusqu'à la fin des années quatre-vingt et la mort d'un boxer devenu son confident, elle recueille huit autres chiens. Ils vont et viennent entre le trois-pièces et le jardin en contrebas.

Le voisinage écrit au Turc, au syndic, dépose des mains courantes, se plaint de l'odeur, des déjections dans la cour et, bien sûr, de l'agressivité du macaque de Barbarie. Car ma grand-mère recueille aussi un singe qui égaie mes vacances mais dont la présence, dans la cour de l'immeuble, effraie les enfants du quartier et scandalise mes parents.

Je suis installée au bord de la Durance et de mes étés d'enfance, entre les Bouches-du-Rhône et le Vaucluse, face à la colline, seule. Maintenant je peux crier et écouter se répercuter mon écho sur les parois de calcaire, dans une ultime conversation avec Arlette.

Des algorithmes m'envoient des messages promotionnels. Une publicité pour une bijouterie, à trois cents mètres de la route des Trois-Lucs, s'affiche sur l'écran de mon téléphone.

Quand j'avais cinq ans, sans l'accord de mes parents, elle m'y avait fait percer les oreilles. Elle avait acheté, à crédit, mes premières boucles en or. À notre retour, ma mère et ma grand-mère s'étaient empoignées.

— De quel droit tu fais des choses pareilles ? Tu penses à ce que va dire mon mari ?

Arlette avait repoussé Rosie :

— Mais faut t'en foutre de ce que raconte ton mari ! En plus, ça ne m'a rien coûté !

J'étais roulée sur le canapé entre Villon et Mallarmé, deux teckels, mes coudes sur les oreilles pour ne pas entendre leurs vociférations. Mais j'enregistrais tout, en réalité. Leur échange me revient, précis, cruel.

— En plus, maman, tu bois.

— Je ne bois pas, qu'est-ce que tu racontes ?

— Tu pues l'alcool, arrête de mentir.

Rosie avait ajouté, de cet air mauvais qui rappelait à Arlette les mimiques de la maman :

— De toute façon, qui a bu boira !

Qui a bu boira, proverbe dérivé du latin : *Semel malus, semper malus.* Une fois méchant, toujours méchant. Se défait-on jamais de ses travers ?

*

La ville d'aujourd'hui, ripolinée, n'a plus grand-chose à voir avec celle d'hier. Pourtant, je me cogne dans l'ombre d'Arlette, devant les étals des poissonniers, sur le Vieux-Port, au comptoir des bars PMU du centre-ville, sur la Corniche.

Je refais ses trajets, Sakakini, Roux-de-Brignoles, Trois-Lucs. J'aperçois une grosse dame au balcon de son appartement. Elle attend quelqu'un comme ma grand-mère patientait, postée là pendant des heures, avant que je n'arrive pour les vacances.

Dans le bazar du quartier de Belsunce, au milieu de visages interlopes et de vendeurs de pâtisseries orientales, je la croise. Elle surgit d'une ruelle, poursuivie par des créanciers féroces.

Je réécoute l'enregistrement, la voix claire et assurée de Jacky. Elle a mis en garde son mari, Te mêle pas de ça, pas nos oignons, mais ses paroles ne l'atteignaient pas.

Depuis des mois, Gigi ne dort plus. Il ne veut plus boire le pastis aux Trois-Lucs, poser un 33 tours d'Aznavour sur le tourne-disque Teppaz, se balancer en chantant « La Bohème », comme s'il était aveugle à ce qui se joue sous ses yeux.

Face à Sauveur, Gigi ne réfléchit pas aux mots, à l'ordre des phrases, il s'embrouille.

– Je sais pas où t'en es avec Arlette. Même si tu couches plus avec elle, admettons que tu couches plus avec elle, ça arrive de plus coucher avec sa femme, c'est la loi des couples, après quelques années. Moi, avec Jacky, ça m'arrive de me la mettre sur l'oreille… Mais tu peux quand même pas laisser un autre homme…

Mon grand-père croque un glaçon, la sensation de froid anesthésie sa bouche.

— Je comprends rien à ce que tu racontes.

— Mais enfin, ta femme… avec Jojo… Ta femme, elle couche avec lui et toi, tu dis rien ?

Sauveur commande un troisième whisky, l'avale d'une traite. Depuis qu'il est arrivé en France, tous les dimanches, ils s'en vont bambocher à Saint-Victoret. Sur la banquette arrière, entre Rosie et Arlette, il dépose une casserole de rognons à l'ail, un plat fumant de lasagnes. À la place du mort, Jojo commente la météo, Le mistral, ici, ça t'empêche de penser.

— Tu joues les grands princes avec ce Corse, reprend Gigi. Mais c'est pas qu'un bon copain de la famille, un collègue à qui tu files un coup de main en l'hébergeant dans une chambre qui devrait être celle de tes filles…

Les frères et sœurs Ravalli en parlent, eux aussi, dès qu'ils repartent dans la Simca 1100 blanche – tableau de bord à quatre compteurs ronds – que Jojo a payée comptant mais que seul Sauveur conduit.

— Tout le monde en parle dans ton dos, personne veut faire d'histoires… Moi non plus…

— *Ma perché non ti fai i cazzi tuoi ?*

En italien, c'est sans détour, Mêle-toi de tes fesses. Sauveur se lève, sa chaise se renverse. Il prend de l'élan, va lui coller son poing dans la figure. Mais il se fige. Un néon blanc l'éblouit, une lumière comme celles du hangar à barbaque, rue d'Aubagne. L'éclat est si vif qu'il distingue l'acné sur le visage rond de Rosie, la poitrine sous les chemisiers. Bientôt, elle demandera des comptes ou, pire, partira en le méprisant pour sa faiblesse d'âme. Il se voit au volant de l'estafette des PTT. Le ricochet du marteau-piqueur fend sa moelle épinière. La poussière de la ville se loge au fond de ses bronches.

Il crache une glaire jaune aux pieds de Gigi.

Comment a-t-il pu être aveugle à ce point ?

Jojo couche avec Arlette depuis des années, Sauveur est le dernier à le comprendre. Moi-même, je ne l'ai compris que longtemps après la mort de mon grand-père. Quand je questionne Rosie à ce sujet, elle hausse les épaules, prétend, contre toute vraisemblance, contre les images dans nos albums de famille, contre les preuves et mes souvenirs, qu'elle n'a « jamais rien vu ».

*

Ce soir-là, Sauveur gare sa camionnette au milieu de la route, oublie les clés sur le contact, grimpe les escaliers tel un automate. Tout est calme dans l'appartement. Jojo et Arlette fument, en silence, dans la cuisine. Sauveur s'approche du visage de lune, retire les lunettes à double foyer et, d'un coup sec, les écrase sous son talon.

— Tout ça sous mes yeux de pauvre abruti, tout ça avec mon accord tacite. Moi, je m'agite toute la journée, toute la nuit, les mains pleines. Et toi, tu fais quoi de tes mains ?

Jojo cherche Arlette du regard. Mais elle scrute le vide avec des yeux de poisson.

— Tu sais quoi, Jojo ? T'es qu'un roi sans royaume, un riche sans fortune, un mari sans épouse. T'es qu'une cloche, incapable de fabriquer quelque chose de tes mains, à part tenir une pince à tiercé et faire croire à tout le monde que tu t'y connais en bourrins.

Jojo rassemble ses affaires à la va-vite. Il veut fuir, sinon Sauveur finira par l'étrangler et lui se laissera faire, il n'a jamais su se battre. Arlette lui apparaît, fondue dans les pivoines du papier peint.

— Mets ton manteau, Lélette, tu viens avec moi.

Elle enfile sa pelisse en daim, attrape son sac, mais Sauveur la retient par le bras.

— Qu'est-ce que tu fais ?

Il la repousse contre le mur, entraîne Jojo sur le palier.

— Dégage de chez moi.

Il ferme à clé et la fixe dans les yeux.

— Tu ne croyais quand même pas que j'allais te laisser partir ?

*

Jojo retourne chez ses parents, dans le grand appartement sombre, à la Plaine. La poussière s'est accumulée sur les soldats de plomb, dans sa chambre de petit garçon.

Dès le lendemain, il fait savoir au service du personnel d'EDF qu'il s'absente jusqu'à nouvel ordre. Ses petits-cousins négocieront un changement de service, lui trouveront une autre administration, dans un autre quartier, peut-être même qu'il retournera en Corse. Là-bas, la vie est douce entre les pastis au Picciu, les tournois de pétanque et cette chaleur qui, l'après-midi, éteint les ruelles de Calenzana.

Restitude dépose des bols de soupe sur son

chevet et les récupère aussi pleins qu'elle les a servis. Allongé en position fœtale sur le lit une place, Jojo pleure son amour perdu, ma grand-mère.

— Tu crois quoi ? Qu'avec ce mode de vie que tu nous imposes à tous, tu vas changer le monde ? Quel exemple tu donnes à nos filles ? Tu bousilles notre famille pour plusieurs générations.

Toutes les nuits, Sauveur discourt d'une voix caverneuse. Il réveille Arlette, à 3 heures, à 4 heures, à 5 heures.

— J'ai presque cinquante ans, toi tu n'en as même pas quarante. Rien n'est perdu. On peut faire un autre enfant, tout est encore possible. Mais je ne veux plus que Jojo ramène sa face de macaque à notre table.

— C'est ça, fais ton *pezzo di merda*. Moi, je m'en fous. Jojo continuera de venir ici, c'est mon ami et, quoi que tu en dises, toi aussi, tu l'aimes bien.

Sauveur titube, fouille les tiroirs dans la cuisine, revient avec un couteau. Il affiche un étrange sourire, énonce tranquillement :

— Je vais t'égorger puis m'ouvrir les veines.

Il plante la lame dans le matelas. Arlette s'échappe, bloque la porte de la cuisine et compose le numéro de Jacky sur le cadran du téléphone en bakélite.

Sauveur s'affale contre la cloison. Il n'y a plus que du silence, soudain, et sa voix, sans affect, qui explique à Rosie :

— Ou ta mère divorce et renonce à vous voir, toi et ta sœur, ou je la tue. Moi, j'irai en prison, et vous, vous finirez à l'assistance publique.

Quand Jacky arrive à l'aube, Sauveur arrache la peau couverte d'eczéma entre ses doigts gonflés. Arlette pleure, tête posée sur le billot, comme si elle attendait qu'on vienne la lui trancher.

Le lendemain, sur le Vieux-Port, l'eau turquoise scintille, les barques tanguent, des touristes attendent d'embarquer pour le Frioul. Arlette s'avance sur le quai et descend, tout habillée, l'échelle du ponton. Elle arrache son alliance et la regarde sombrer au fond de la mer.

*

Ma grand-mère veut le quitter. Mais où aller ? Avec quel argent ?

— À notre époque, dans notre milieu, ça ne se faisait pas, me confie Jacky. On était des petits employés modestes, on ramait, alors on restait coûte que coûte, on espérait que ça s'arrange.

Divorcer ? Ce serait renoncer définitivement à l'écho de la dolce vita tunisoise, à celui de sa jeunesse. De douceur, il n'en est pourtant plus question. Sauveur a brisé leur collection de 33 tours. Le tourne-disque Teppaz reste fermé. Aux Trois-Lucs, un silence mortifère a remplacé les fêtes.

Rosie se retrouve seule face au malheur de ses parents. À cette époque, personne ne rend visite à Lola, au sana.

*

Le soir du réveillon 1965, en leur absence, des malfrats défoncent la porte de l'appartement, empoisonnent les chiens et pissent sur les meubles. Au mur, ils inscrivent en lettres de sang, à l'attention de Sauveur : « Tes filles, on les mettra sur le trottoir si ta femme ne rembourse pas ce qu'elle nous doit. On fait ce qu'on dit, on dit ce qu'on fait. Pace è salute ! »

Quelques jours plus tard, Jojo est de nouveau assis à leur table, aux Trois-Lucs. Sauveur a acheté une galette des Rois aux fruits confits. Couronne sur la tête, Arlette sourit, assise entre les deux hommes, sur le polaroid qui, toute mon enfance, était punaisé au panneau en liège, dans leur cuisine.

*

— T'as pas de figure ou quoi, à faire revenir ce type dans ta maison ? reproche Gigi à Sauveur.

— Et la peur, est-ce que tu comprends la peur, toi ? Je crains pour mes filles, je crains pour Arlette. Et « ce type » comme tu dis, il nous protège. Alors figure ou pas figure, je m'en fous du déshonneur, tu vois, tant qu'on ne touche pas à ma famille. Je te demande de ne plus m'en parler, je ne veux plus en parler.

Gigi se tait, comme tous autour d'eux.

*

Les années soixante-dix marquent la fin de la suprématie des Guérini à Marseille. Mémé croupit en prison depuis quelques années. Antoine est tombé dans une embuscade, le 23 juin 1967 – douze balles de 11,43 dans le ventre alors qu'il faisait le plein de sa Mercedes, à la station Shell, à côté de chez lui.

— La clique à Defferre est en train de nous lâcher, commente Jojo. Faut que tu arrêtes tes conneries, Arlette.

Quand je nais au mois de mai 1976, ma grand-mère a contracté de nouvelles dettes auprès d'organismes de crédit qui ont pignon sur rue et de Francesco, un bookmaker napolitain, qui certains dimanches s'incruste à la table familiale.

Jojo ne bénéficie plus de la protection des réseaux corses de la ville. Mais il a de l'argent de côté, il met au pot. Plus personne ne lui demande de quitter les Trois-Lucs.

J'apporte à Rosie ses carnets de notes de Chevreul, un extrait des minutes du greffe du tribunal d'instance de Marseille, l'état signalétique et des services d'Albert Lacrouts et de Sauveur Ravalli. J'étale les copies sur la table, croix de guerre, médaille coloniale, des papiers tamponnés à l'encre rouge, par le bureau des décorations du ministère de la Guerre. Je lui lis le rapport du chef d'escadron sur l'accident de son grand-père et lui montre les images du cimetière de Gammarth glanées sur Internet.

De l'index, elle tapote sur une date.

— Je ne suis pas d'accord : Pépé Albert n'est pas mort le 9 mars 1945.

Je me penche sur les documents, vérifie. 9 mars 1945, route de La Manouba au Bardo, c'est inscrit partout.

— Mémé Marcelle m'a toujours dit qu'il était mort en 1940, qu'il n'avait pas fait la guerre. L'armée se trompe.

Si, sur une date consignée dans toutes les archives militaires, elle s'oppose, alors sur le reste ? Ce qui n'est mentionné nulle part, ce qui s'est perdu, la perception intime d'une réalité, les souvenirs, les sentiments ? Où est la vérité ?

*

Je rappelle le Service historique de la Défense. Il y a une erreur concernant mon arrière-grand-père « mort pour la France », à Tunis, et en prononçant « mort pour la France » – avec fierté, une fierté jamais éprouvée jusque-là –, je pense que cela va m'ouvrir des portes. J'insiste, pas la bonne date, 1940, pas 1945, ma mère assure que. Au bout du fil, l'archiviste s'impatiente.

— L'armée ne se trompe jamais, madame.

*

Je retrouve, à la cave, enfouis sous des piles de cartons, les journaux intimes que je tenais quotidiennement entre 1989 et 1993, année de la mort de Sauveur. Mes mots sont ceux d'une jeune fille lucide sur la situation familiale.

« Papie s'énerve, il boit trop de whisky » ; « mamie m'a demandé de jouer pour elle au tiercé cet après-midi » ; « Jojo a payé toutes les ardoises, on est tranquilles ».

Ma mère se lève, tourne en rond dans le salon, fouille dans sa bibliothèque, en sort un livre de poche qu'elle me tend d'un geste sec.

— C'est ce qui m'a permis de comprendre la folie du jeu de ma mère, ça va peut-être t'aider dans ton travail.

Le Joueur de Dostoïevski, jamais lu.

Elle se cogne dans la porte-fenêtre en voulant sortir prendre l'air, revient vers moi, ouvre le vantail de la bonnetière. D'un panier en osier, rangé à mi-hauteur, elle exhume un portefeuille au cuir marron élimé.

— Mémé Marcelle me l'a donné avant de mourir. Arlette n'a jamais su que je l'avais en ma possession.

Albert Lacrouts le portait dans la poche intérieure de sa veste lorsqu'il s'est tué à moto le 9 mars 1945. Longtemps, il n'y avait eu qu'une seule photographie dans la pochette amovible transparente, à l'intérieur, un cliché sépia d'Arlette à l'âge de douze ans devant la maison de la rue du Miel.

La maman est morte quelques mois avant le mariage de mes parents. Depuis le déménagement d'Arlette et Sauveur aux Trois-Lucs, et leur installation avec Jojo, elle habitait, seule, dans un petit appartement de la Belle de Mai. Elle n'en sortait que pour faire quelques courses, marchait comme unc vieille, pliée en deux, à pas minuscules, un voile noir noué sous le menton. Elle n'avait jamais consulté pour ses douleurs au foie. Des années après son arrivée « en métropole », au détour d'examens médicaux bénins, on lui avait diagnostiqué un cancer. Les poumons étaient métastasés, on ne pouvait plus l'opérer.

Elle avait tenu bon, tout ce temps, pour Rosie et Lola.

— Ça va, à la maison ? demandait-elle à ma mère en lui servant un thé à la menthe.

La jeune fille hochait la tête. Mais elle avait envie de se réfugier entre ses bras, de la supplier,

Reste en vie, mémé, car sans toi, qu'est-ce que je vais devenir ?

Marcelle voulait tant rejoindre Albert. Elle ne parlait plus que du paradis et d'y retrouver son époux. Le temps n'avait pas effacé le manque et la tristesse. Elle avait soixante-trois ans.

*

Arlette organise le mariage de Rosie : essayages de la robe, choix des petits-fours, de l'orchestre, de la salle avec vue sur le Vieux-Port. Les factures flambent. Sauveur laisse faire. Jojo paie tout.

Après la cérémonie, sur les marches de la mairie, face à la Bonne Mère, les parents des mariés posent pour le photographe. Ils se tiennent tous les trois ensemble, Sauveur, Arlette et Jojo, six mains scellées, doigts entrelacés. Les deux hommes portent le même costume noir, nœud papillon sur le col d'une chemise italienne cintrée.

Pour la première fois depuis des années, dans la lumière coruscante de ce jour de fête, Sauveur se sent heureux. Il esquisse un léger sourire en regardant l'objectif, un léger sourire pour la postérité – les enfants de Lola, mon frère, moi.

*

Je cherche le mot pour définir cette relation, sous mes yeux, sous nos yeux à tous, pendant des décennies : trio, triade, triumvirat, trinité, triangle. On peut aussi dire « trouple », « groupe de trois personnes qui entretient une vie commune, avec ou sans relations sexuelles », lis-je sur Internet. « Trouple » soit le « trouble », à une lettre près, un schéma amoureux hors norme mille fois interrogé au cinéma et dans la littérature. Un ménage à trois dont toute ma famille n'a cessé secrètement de sonder le mystère.

Le dimanche 6 octobre 1974, Arlette porte une robe Lanvin vaporeuse et déambule au bras de Jojo, sur l'hippodrome de Longchamp.

Ils sont arrivés à Orly le matin même, sièges en première classe, taxi jusqu'à Boulogne. Depuis que Georges de Caunes a commenté la première course, en 1956, à la télévision, Jojo rêve d'assister au prix de l'Arc de Triomphe, la plus grande course de galop au monde, plus prestigieuse que le derby du premier mercredi de juin, à Epsom.

Ce jour-là, Allez France est donnée gagnante quoi qu'il arrive, développe Léon Zitrone dans une archive de l'INA, pas un seul ticket n'est poinçonné sans cette jument. Elle est « la grandissime favorite », première de l'Histoire à remporter plus d'un million de dollars en courses. En notant les mots du journaliste, je ressens l'excitation de ma grand-mère sur la pelouse, son cœur qui bat face au tableau des fluctuations de la cote.

— On peut gagner gros en misant sur une bête à chagrin dans les trois premiers, remarque-t-elle. Comtesse du Loir est donnée à 44 contre 1.

*

Top départ. Silence dans les tribunes. Mais dès que Valdo prend la tête, Arlette rugit avec la foule. Les chevaux galopent dans la montée vers la porte de Boulogne, Busiris tacle Allez France qui avale ses adversaires. De sa voix nasillarde, Zitrone s'emballe alors que Comtesse du Loir revient fort, mais reste à la hanche de la favorite. Personne ne l'attendait, elle arrive deuxième.

Comtesse du Loir ! Quelle intuition ! Jojo embrasse Arlette à pleine bouche. En souvenir de leur escapade, il lui offre une assiette au fond de laquelle est peint un jockey sur un pur-sang brillant, désormais fixée sur un mur, dans mon appartement.

*

Ce week-end de l'automne 1974, Sauveur creuse les fondations d'un cabanon dans le jardin des Trois-Lucs. Quand Jojo et Arlette rentrent de Longchamp, il est couvert de glaise.

Il habitera ce refuge désormais. Allongé nu, sur un matelas sans housse, il rumine. Les années passant, il a fini par l'apprécier, ce Jojo, et même par l'appeler « compère ».

Pour les cinquante ans d'Arlette, je suis à ses côtés dans le salon des Trois-Lucs. Elle souffle avec moi mes sept bougies.

Je suis une enfant à la chevelure crépue, mine café au lait, une « vraie petite Nord-Africaine », s'exclame-t-elle sans que je perçoive si la ressemblance avec mon père, Juif d'Algérie, lui fait plaisir ou non. Peut-être aurait-elle préféré que je sois comme elle, d'une beauté classique, blonde, le teint laiteux ?

À cette époque, elle ne travaille déjà plus. Ses cheveux, désormais coupés court, ont blanchi. Une blouse et des sabots ont remplacé ses tenues de grande dame. Elle se laisse un peu aller.

Elle récupère les centimes au fond des poches de Jojo et les conserve dans une boîte de café Malongo. Elle y pioche pour s'acheter une mignonnette de whisky, de rhum, au crépuscule, quand elle ressent l'étreinte dans sa poitrine, un pincement fugace qui, après la première gorgée, disparaît dans une brume heureuse.

*

Arlette ne supporte plus l'odeur acide de son mari, les auréoles sous les aisselles, ni l'eau de Cologne bon marché dont il se tapote les joues après la douche. Jojo aussi finit par l'agacer – son corps affalé dans le canapé, le jaune de la nicotine incrusté sous le majeur, la peau de son visage comme celle d'un âne pelé.

Elle réclame du silence quand les deux hommes dansent le tango, main dans la main, en poussant les meubles contre les murs. Elle envie leur amitié, ce temps qu'ils passent sans elle quand elle fume une dernière cigarette, lumière éteinte, seule sur son lit.

*

Des ombres surgissent, la nuit, lorsque Sauveur essaie de dormir. Il se lève, se sert un verre de J&B, admire la Grande Ourse, Vénus, à travers le vasistas du cabanon. Il se recouche, embrasse le portrait de la nonna, punaisé au-dessus de son lit.

En vieillissant, il ressemble de plus en plus à sa

mère – mêmes yeux délavés, même bouche sertie de rides.

Alors qu'elle est morte quelques mois auparavant, il la voit, vêtue d'une toge noire, au fond de la pièce. *Esule involontario*, murmure-t-elle en sicilien, exil forcé. Je suis une exilée, tu es un exilé, tes enfants sont des exilés, et tes petits-enfants le seront peut-être un jour eux aussi. Nous naissons dans un pays et mourons dans un autre, quand est-ce que ça s'arrête, *figlio* ? Quand cessera-t-on de prendre des canots, des avions, pour se fabriquer une vie ailleurs ?

Au début des années quatre-vingt-dix, Sauveur repart pour quelques semaines, seul, à Tunis.

*

Des barques multicolores dans le port de La Goulette. La devanture du restaurant La Petite Sicile. La plage de sable blanc de Salammbô. Une bicoque semblable à celle que Sauveur avait achetée pour ses sœurs autrefois. Un panneau « À louer », de travers, fixé sur un volet. Un numéro de téléphone en gros plan. Sauveur étale les photographies qu'il a prises avec un Kodak jetable, développées au format 10 × 15.

Lola et Rosie ont retrouvé leur père dans la cafétéria d'un hypermarché. Il ne parvient pas à déchirer le sachet de sucre en poudre pour le verser dans sa tasse. Il s'agace et l'arrache avec les dents, recrache le résidu de papier par terre. Puis il se met à parler anormalement fort, comme le font certaines personnes très âgées, mais il n'a que soixante-neuf ans.

— Votre mère va me tuer avec ses conneries. Elle s'est mise au Loto et au Tac-O-Tac, elle y perd des milliers de francs en assurant qu'elle va gagner le gros lot.

Au coin de sa bouche persiste un trait de dentifrice. Des poils ont poussé près des oreilles.

— Vous n'avez plus besoin de moi.

Il porte un sweat-shirt jaune maculé de graisse, une écharpe aux couleurs de l'OM nouée par-dessus.

— Attends, papa, l'interrompt Rosie. Cet accoutrement, je ne supporte pas… On va t'acheter un gilet neuf chez Smalto…

Elle se lève, renverse le contenu de son sac à main pour trouver le porte-monnaie. Elle veut payer les consommations, partir. Mais il ne bouge pas de sa chaise, tapote sur le numéro de téléphone, la maison à louer en bord de mer, à Dermèche.

— Votre mère, elle vous aurait vendues si je

n'avais pas été là pour vous protéger. Pour elle, c'est tout ce qui compte, les canassons, plus que moi, Jojo, vous, ses petits-enfants.

Leurs voisins de table les observent, certains se moquent. Rosie redoute de croiser une ancienne camarade du lycée Chevreul, une qui la déshabillerait du regard. Porte-t-elle le bon sac, de la marque à la mode ? Acheté en solde ou plein tarif ? Une flamme serpente sous sa peau, la honte, la honte qui lui donne envie, *hic et nunc*, de se soustraire au regard du monde.

— Ce n'est vraiment pas normal qu'il parle aussi fort, fait remarquer Lola comme s'il n'était pas là, face à elles.

— Je ne parle pas fort, je veux juste me faire entendre : j'ai décidé de divorcer et de retourner là-bas, dans cette maison… Vous viendrez me voir ?

Pourquoi avoir attendu si longtemps pour prendre cette décision ? Bien sûr qu'elles lui rendront visite avec leurs maris et tous les enfants.

*

Quelques semaines après cette conversation, en déjeunant avec Arlette et Jojo, aux Trois-Lucs, il annonce son départ, un vol sur Tunisair, le lendemain… Les mots lui échappent, que voulait-il dire déjà ? Il lâche sa fourchette et tombe, c'est lent, c'est loin, la toile cirée, son front cogne, il n'est plus qu'un poids mort.

Mon grand-père n'a jamais mis son projet à exécution.

L'accident vasculaire cérébral le laisse hémiplégique. Une IRM révèle une tumeur au cerveau, les analyses sanguines, une « polyglobulie de Vaquez » – maladie rare qui évolue le plus souvent en leucémie aiguë. Son corps fabrique trop de globules rouges ; les cellules cancéreuses se répandent dans tous les organes ; les traitements ne font aucun effet.

— Son sang s'est tellement épaissi qu'avec ses veines, on pourrait fabriquer du boudin noir, raconte Arlette quand elle appelle Rosie pour lui donner des nouvelles.

Métastases, transfusion, craniotomie... Les mots s'étirent comme du chewing-gum dans le deuxième combiné du téléphone auquel je colle mon oreille pour écouter les deux femmes à leur insu.

*

Depuis sa chambre, à l'hôpital de la Conception, Sauveur aperçoit les palmiers de

Djebel Oust et les ruines du sanctuaire romain où il jouait au ballon avec ses frères. La Méditerranée se déploie sur l'azur. Il retrousse les ourlets de son pantalon, trempe ses mollets, puis avance vers la maisonnette blanche. Il patiente sur une chaise de jardin en plastique, le visage tourné vers le soleil, dans un silence à peine troublé par le zéphyr dans le rideau de perles. Il a tout son temps maintenant.

Muni d'une lame jetable, Jojo le rase tous les matins.

— Finale de la Ligue des champions, t'aurais vu ce match… Juste avant la première mi-temps, Basile Boli demande à sortir, Tapie refuse et tu sais quoi ? Même pas quatre minutes plus tard, il inscrit le but de la victoire. Ce Tapie, c'est un génie.

Arlette entrouvre la fenêtre de la chambre d'hôpital, allume une Dunhill dont elle porte le filtre aux lèvres de mon grand-père.

— Papin, il aurait jamais dû quitter le club, poursuit Jojo. Il perd en finale avec nous, maintenant il perd contre nous. C'est un branque, ce Papin, il est fini, dire qu'on l'a tellement aimé.

Des escarres apparaissent entre les cuisses de Sauveur. Un épanchement de sang, dans le cerveau, détériore ses fonctions cognitives. Il la sent venir, la grande faucheuse, parfois même il l'espère, pour que cessent ses tourments. Comment avait-il pu accepter cette situation, pendant des décennies ? Par quelle faiblesse de caractère ? Aurait-il pu se fabriquer une autre vie, ailleurs, loin de Marseille ?

Il réclame ses frères, ses sœurs, et les derniers sacrements.

*

On ne trépasse pas seul chez les Ravalli.

L'odeur d'ail et de basilic se mêle à celles du détergent et de l'urine. Une marmite pleine passe de mains en mains. On se sert dans des assiettes en plastique. Le vin laisse des traces noirâtres sur les lèvres. On chante un peu, « Ta musique est plus jolie que tout le ciel de l'Italie ».

La nuit, les frères et sœurs de Sauveur se relaient à son chevet. Dans un coin de la pièce, mon grand-père aperçoit une dernière fois la nonna. Elle l'appelle, *Vieni, bambino, aspetto qui!* Et soudain, c'est Dalida, en bustier étincelant, qui lui tend une main aux ongles rouges, depuis la scène où elle se déhanche, « Ne pleure pas, bambino ! »

*

— Olivia, surtout, ne pleure pas !

Rosie me tire par le bras dans le couloir de l'hôpital et me pousse dans la chambre de Sauveur.

Je recule face au gisant. Ce n'est plus l'homme qui bêchait son potager, Gitane entre ses lèvres serrées, celui qui étalait la pâte à pizza sur la table du jardin, avec mon frère, avant de la faire cuire dans le four au feu de bois, attenant à son cabanon.

Depuis des semaines, il ne bouge plus, ne dit rien. Mais quand je m'assois sur le lit, à sa hauteur, il attrape ma main, la serre et murmure :

— *Così la vita… Come una casseruola… Una volta sporca, una volta pulita.*

Ma mère se penche vers moi.

— Tu comprends ce que te raconte papi ?

Oui, je comprends qu'ainsi va la vie, telle une marmite, parfois sale, parfois propre.

Sauveur presse ma main à nouveau. Nous sommes soudain seuls, lui et moi. Le brouhaha des *zie* s'est estompé, Rosie a disparu. Il n'y a plus personne, ni Arlette dans sa robe à l'imprimé léopard, extravagante pour une future veuve, ni Jojo dont elle tient la main discrètement, à contre-jour.

D'une voix d'outre-tombe, il chuchote :

— Mais le plus important… dans une vie… dans ta vie… Madabiya ! C'est que tu trouves…

Les muscles de son visage se tendent. Moi, j'ai envie de hurler, *Dimmi tutto ! Dimmi tutto !* Que je trouve quoi ? Mais je perçois l'intensité de son effort. Je cesse de respirer, il me souffle :

— Madabiya ! Que tu trouves un amour. L'amour !

Il ferme les yeux, lâche ma main. *Madabiya*, c'était son dernier vœu, son vœu le plus cher.

Il est mort quelques heures après ma visite.

Vingt-cinq ans après la mort de Sauveur, m'apparaît dans la lumière d'une crique, à Belle-Île-en-Mer, un homme aux cheveux charbonneux, le corps élancé, physiquement semblable à mon père, mon frère, mes cousins d'Algérie, de Sicile et de Corse.

Étrange mystique de l'amour, je sais immédiatement que c'est lui qu'avait convoqué mon grand-père. Je le sais avant même que nous ayons engagé la conversation, que nos corps se soient trouvés, que nous ayons échangé des milliers de lettres, textos, courriels, répétant ces mots que les amants pensent uniques, Tu es l'amour de ma vie.

B. Pas le père de mes enfants, aucune des personnes que j'avais autrefois cru aimer – pas Peggy, ni Arnaud, ni Lise, ni Claire, ni Marie, ni Jean-François, ni Mehdi.

*

Seule Arlette était au courant de mon « petit secret ».

Je lui avais montré un portrait en quatre exemplaires, cœur flamboyant dessiné au verso, que Lise avait glissé dans mon cahier de français, en classe de khâgne. Un visage poupin, des lunettes rondes d'intello, elle me sourit. Pour moi, elle a glissé cinq francs dans le photomaton, suivi les instructions et attendu que soit développé le négatif.

Ses yeux vert d'eau, dans cette machine, près du lycée Claude-Monet, rue de Tolbiac, au milieu des années quatre-vingt-dix, m'invitent à passer un week-end chez elle, en l'absence de ses parents.

— Mamie, j'ai un petit secret.

Je me souviens mot pour mot de sa réponse.

— À ton âge, la bagatelle, c'est un sujet sérieux. Peu importe avec un homme ou une femme, tant que tu éprouves du désir. Et puis, ma zitouna, on ne va quand même pas en faire tout un fromage.

On n'en parlerait plus, Arlette ne le répéterait à personne, évidemment pas à ma mère qui tient, à tout prix, à sauver les apparences d'une famille « modèle », d'une famille « sans histoire », ce genre de famille où l'on ne divorce pas, où l'on reste, quitte à suffoquer sous l'épais vernis social, ma mère dont j'ai toujours pressenti qu'il fallait la protéger de la moindre entorse à la « normalité » – sans cela, elle aussi risquait de plonger dans un abîme, et de surcroît par ma faute.

*

En commençant mes recherches, je n'avais pas prévu cela : fouiller la tombe d'Arlette et en exhumer mon petit secret bien enfoui, la jeune femme que j'ai été, qui était amoureuse des filles, des garçons, amoureuse de la vie, avant que le monstre mélancolique ne la happe, comme il happe, un jour ou l'autre, d'une manière ou d'une autre, toutes les femmes de la lignée maternelle.

L'enterrement de Sauveur a lieu à Saint-Victoret, quelques jours après la rentrée scolaire 1993. Mes parents ne veulent pas que je rate les premiers jours d'école, c'est l'année de mon baccalauréat. Rosie part à l'aube, seule. Elle revient le soir même, s'assoit au bord de mon lit sans retirer son imperméable.

— Ce n'est pas le cancer qui a tué mon père. La vérité, c'est qu'il est mort d'amour pour ma mère.

À trente-huit ans, elle ressemble à une petite fille, poings serrés sur les cuisses.

— Je n'ai plus de papa, moi, plus personne pour me protéger.

*

Ma grand-mère laisse passer le délai raisonnable du deuil. Elle patiente mais ne veut pas rester veuve, éternellement confite dans la bienséance et des tenues de jais, comme le furent autrefois la nonna et la maman.

Un an après la mort de Sauveur, elle annonce qu'elle épouse Jojo et me choisit comme témoin de leur mariage.

III

Quand Lola est entrée dans l'appartement, aux Trois-Lucs, Arlette était morte depuis quelques jours. Elle s'est approchée du visage de sa mère, a murmuré Maman, en pensant qu'elle rouvrirait les yeux et lui sourirait, Ma fille, tu es enfin venue.

Son dentier flottait dans le verre sur la table de nuit, à côté de la photographie d'Albert et Marcelle Lacrouts. Le pourtour de sa bouche sentait encore les effluves suaves de la boukha. Mais la peau fine, sous les oreilles, commençait à bleuir. Des ombres céruléennes étaient apparues sur ses joues, autour de la bouche entrouverte.

Lola me l'a confié des années plus tard : ma grand-mère était attachée à son lit avec du cordage pour bateau, vendu au mètre dans des boutiques du Vieux-Port. S'était-elle débattue ? Avait-elle résisté ? Les liens étaient serrés autour de sa poitrine, les bras le long du corps.

Jojo avait disparu.

*

Ma tante a composé son numéro, une fois, deux fois, en vain. Il s'était enfui avec une valise à roulettes. Il ne voulait plus aucune nouvelle, ras-le-bol, plus rien à foutre. Arlette se réveillerait, on la libérerait – Rosie, Lola ou Jacky – et rebelote, les baies de sureau marinées, la vodka, le crémant, jusqu'à la lie.

Jojo chérissait le souvenir de leur mariage, en novembre 1996, l'échange des alliances, les félicitations de l'élu et la réception au Rhul. Pendant des années, il était resté dans l'ombre des Ravalli, le bon copain, le vieux garçon. À soixante-trois ans, il avançait enfin à découvert.

Article 213 du code civil : « Les époux assurent ensemble la direction morale et matérielle de la famille. » Évidemment, à leur âge, ils n'auraient plus d'enfant. Mais ils vieilliraient ensemble, s'apporteraient secours et assistance. Sur le parvis, il enlaçait la taille de sa femme et lui avait donné un baiser sur la bouche, le premier aux yeux de tous, légitime.

Il n'existe aucun mot, en français, aucun statut, pour désigner le deuxième mari de la grand-mère. Un « beau-grand-père » ? J'ai toujours dit « Jojo », une évidence pour moi, pour tout le monde, le « compère » de Sauveur.

Les jours suivant la cérémonie, il avait proposé à Arlette un voyage de noces à Calenzana. Mais elle avait renoncé depuis longtemps à se rendre, un jour, en Balagne avec lui. Elle n'avait pas le courage de faire les valises – comment savoir ce qu'il fallait emporter ? –, d'aller à l'aéroport, de partir – était-on certain qu'on reviendrait un jour ? –, ni de dormir ailleurs qu'aux Trois-Lucs.

*

Ce n'était pas la première fois que Jojo ficelait Arlette sur le matelas. Il devenait fou, à force, se justifiait-il, il ne pouvait plus la laisser seule une minute. Elle profitait de ses absences pour trottiner, en robe de chambre, jusqu'à l'épicerie. Elle achetait un litre de Villageoise et s'asseyait sur le trottoir. Des pigeons clapotaient dans les flaques. Elle leur lançait des miettes, s'esclaffait :

— Un verre, ça va, trois verres, bonjour les dégâts !

Elle retirait ses pantoufles, se trempait les pieds dans le caniveau, avalait le vin en quelques minutes. Avec le temps, son corps était devenu insensible aux variations de température, au plaisir comme à la douleur.

Plus tard, quand Jojo rentrait, elle l'agonissait d'injures, toutes vitres ouvertes.

— Connard ! Hors de chez moi ! Je vous maudis toi et ta race, toute ta clique de Corses de merde.

Il caressait mécaniquement la tête de Maure dorée sur sa chevalière, puis tentait d'approcher son épouse lentement, paume ouverte comme il le faisait avec le macaque de Barbarie, dans la cour, pour l'apprivoiser. Mais elle n'était plus elle-même.

— C'est ça, frappe-moi tant que tu y es !

Elle se penchait à la fenêtre.

— Je veux que tout le quartier sache que tu ne baises plus ta femme ! Il ne bande pas, Joseph Marie Antoine Santucci !

Jojo brisait les bouteilles de rouge contre le mur, puis lessivait le papier peint à l'eau de Javel, y laissant des traces indélébiles. Il avait fait le tour des commerçants, imploré Diego, au Bar des Pins, qu'il ne serve plus d'alcool à Arlette. Mais personne ne résistait aux assauts de la vieille dame, à son insistance crasse mâtinée de bonnes manières.

Il fallait qu'elle se soigne.

Trois ans avant sa mort, elle était devenue ce que la justice appelle une « majeure protégée ». Je le découvre dans un extrait des minutes du greffe du tribunal d'instance de Marseille.

« *Il est établi par l'ensemble des éléments médicaux, que madame Arlette Santucci présente une altération de ses facultés personnelles et qu'elle a, de ce fait, besoin d'être contrôlée dans les actes de la vie civile.* »

Après une longue procédure, des visites médicales, les rapports d'une assistante sociale et d'une psychologue, elle avait été placée sous la tutelle de Jojo. Elle serait désormais « représentée » dans la gestion de son patrimoine – mais elle ne possédait rien – et de ses comptes bancaires – elle en avait ouvert plusieurs dans différents établissements. Son conjoint disposait seul des moyens de paiement. Elle n'exercerait plus son droit de vote – la loi l'autorise pour les majeurs sous tutelle depuis 2019 seulement.

Elle ne s'est donc pas rendue aux urnes lors de la présidentielle de 2007, se contentant de commenter l'« allure » de Nicolas Sarkozy qui, je n'en doute pas, aurait eu ses faveurs. Elle approuvait ses discours, le « petit Français de sang mêlé », ses saillies, « nettoyer la cité des 4 000 au Kärcher », me reprochait mes bons sentiments « de gôche », de « traîner » dans les manifestations pour la défense du service public et contre le Front national. Elle se tournait vers la télévision, sautillait sur sa chaise et, comme de nombreux rapatriés d'Afrique du Nord, applaudissait le futur président de la République.

Elle était, en quelque sorte, retombée en enfance.

*

À la fin de l'audience, la juge des tutelles avait secoué son carré blond, relevé des lunettes cerclées d'or sur son front et fixé ma grand-mère dans les yeux.

— Que pensez-vous, madame, de cette décision que nous prenons pour vous aider ?

Rosie et Lola se tenaient serrées l'une contre l'autre, craignant une bordée d'injures contre notre famille ou, pire, contre la magistrate. Arlette s'était tassée sur la chaise en skaï, main lâche dans celle de Jojo. Elle voulait juste que s'éteignent les lumières de ce théâtre à huis clos, que cesse cette bande-son, le bruit du clavier de la greffière et, derrière la vitre grise, les cris des gabians.

— Madame la juge… avait-elle commencé.

Les deux sœurs ne respiraient plus. Rosie tournait le double anneau de son alliance entre son pouce et son index. Lola traduisait intérieurement les paroles de « Love in Portofino » – « *Lo strano gioco del destino* », « l'étrange jeu du destin ».

Mais Arlette n'avait qu'une envie : en finir le plus vite possible et rentrer. Elle en avait marre de cette matinée à rallonge au tribunal. Elle voulait se coucher et regarder les minutes défiler sur le cadran lumineux du radio-réveil. Sans relever la tête, elle avait énoncé :

— Mes filles et mon mari ont raison.

— Il faudra, en outre, vous soigner. C'est ce que nous voulons tous. Pour votre bien.

*

Elle avait consenti à séjourner dans une clinique de désintoxication, à Allauch.

— L'alcool est une drogue dure, comme l'héroïne, lui avait expliqué l'addictologue. Dans votre cas, il nous faut envisager une solution radicale.

Elle devait tout arrêter. Plus une seule goutte, pas même les bières dites « sans alcool » car elles en comportent un pourcentage minime, isolement dans une chambre fermée à clé, téléphone et visites interdits. Ce serait très dur, il prescrirait des antidépresseurs.

Elle venait de fêter ses soixante-quatorze ans, elle n'était pas si âgée. Or, elle vivotait, persiennes fermées, entre sa chambre et la cuisine, téléviseur allumé sans le son. Elle ne rendait jamais visite à ses petits-enfants, à Paris. J'avais beau lui faire miroiter les boutiques de luxe, rue de Grenelle, Dior et Issey Miyake, les terrasses des cafés rive gauche, en un mot la belle vie, elle déclinait mes invitations.

Je retrouve le fax que je lui avais envoyé à l'époque – seul moyen autorisé pour la joindre à la clinique d'Allauch.

Ma petite mamie, je n'ai pas le droit de t'appeler mais je pense à toi très fort. Sois courageuse. Bientôt, on regardera l'étoile du berger toutes les deux depuis ton balcon. Je te serre dans mes bras. Ta zitouna qui t'aime.

Elle avait tenu cinq jours. Les fenêtres à barreaux, le sourire onctueux des infirmières qui fermaient la porte de sa chambre, le cliquetis de leur trousseau de clés dans le couloir, c'était au-dessus de ses forces. La sixième nuit, elle avait forcé la serrure, à l'aide d'une fourchette, et fugué à travers la pinède, en robe d'hôpital jaunasse, tissu grand ouvert sur ses fesses dénudées.

Dans sa fuite, elle se retournait sans cesse pour vérifier que la police n'était pas à ses trousses. Mais on ne la chercherait qu'à l'aube. Elle s'était allongée quelques minutes, en position fœtale, sur un tapis d'aiguilles sèches, avait humé les odeurs boisées de son enfance tunisoise, avant de se relever pour rejoindre les Trois-Lucs, à petits pas mal assurés.

De retour chez elle, elle avait ouvert l'armoire à pharmacie et sifflé le flacon d'alcool à quatre-vingt-dix degrés. Puis elle s'était couchée.

Désormais, elle refusait tous les rendez-vous, au prétexte que les médecins étaient des charlatans et des emprisonneurs.

*

Jojo n'en pouvait plus.

Arlette ne fermait plus la porte des toilettes, ni celle de la salle de bains. De toute façon, elle ne se lavait plus. Le miroir grossissant réfléchissait un goitre et des plis sur les joues. Elle se poudrait le visage avec de la Terracotta de Guerlain pour dissimuler son teint blafard. Une honte cuisante coulait dans ses veines.

Tous les matins, Jojo l'attendait dans la cuisine. Il faisait couler le café et beurrait ses tartines. Il espérait encore voir apparaître la conquérante qu'il avait rencontrée à EDF dans les années soixante, revivre les instants où elle passait les portes coulissantes du bureau, éblouissante dans ses tenues haute couture, perchée sur des talons de douze centimètres. Mais la vieille dame portait une blouse élimée, vacillait dans ses savates en plastique, s'accrochait au chambranle avant de s'écrouler sur une chaise. Elle réclamait un calva.

— Juste une goutte, Jojo, s'il te plaît !

— Tu me fais chier, et en plus tu as l'air d'une vieille pochtronne avec ce maquillage !

— C'est ça ! Gigi se la colle tous les soirs et ça ne te choque pas. Pour toi, Gigi est un bon vivant... Mais ta femme qui veut un doigt de calva au réveil, c'est tout de suite une pochtronne... Tu m'emmerdes !

Elle se recouchait sans manger, avalait deux Stilnox, allumait une Dunhill. Elle fixait le plafond en attendant que l'hypnotique fasse son effet.

Jojo la regardait s'éteindre, verre après verre. Il avait trouvé ce moyen, le cordage de bateau, pour attacher son corps cabossé au matelas, le ventre gonflé par l'alcool et les jambes maigrichonnes qui ne la tenaient plus, ses bras veinés de bleu noir, la peau flasque – cette peau dont il avait tant aimé la vibration sous ses doigts autrefois.

Il ne fallait pas lui en vouloir, il ne connaissait pas d'autre méthode. Il était seul et fatigué. Il était perdu.

Arlette ne peut plus remuer. Jojo a serré si fort les liens en chanvre autour de sa poitrine qu'elle peine à respirer. Elle tente un cri, mais seul un filet plaintif sort de sa bouche, pas assez puissant pour alerter les voisins. Elle s'étouffe. Ses ongles s'enfoncent dans le matelas, son corps pèse si lourd, une enclume.

Il a claqué la porte, fermé le verrou. Nul ne la sait prisonnière de sa chambre. Il n'y a plus qu'un air fétide, statique entre les murs, et bientôt plus d'air du tout. Elle inspire, les os des côtes se brisent, les uns après les autres. Les éclats perforent ses poumons. Sous le cœur, une douleur vive, un éclair, déchire les muscles. Son sang se répand sur les draps, l'oreiller. Tout tourne autour d'elle, les persiennes, le lustre doré comme une toupie, son père et sa mère jeunes mariés enlacés.

Pardonne-moi, papa, j'avais besoin de me retrouver seule. Il y avait trop de bruit, rue du Miel, aucun endroit où lire tranquillement.

Depuis combien d'années n'a-t-elle pas ouvert un roman ? La zitouna venait toujours en vacances avec une valise pleine de livres, tout le dix-neuvième siècle, Duras, Kundera. Arlette était tentée de regarder, par-dessus son épaule. Elles auraient commenté le destin des personnages et le style de l'auteur.

— Le plus important, selon toi, mamie, c'est le suspens ou la langue ?

Mais la fatigue se déployait dès les premières phrases. Les lignes serpentaient, « ma jeunesse… », le fil lui échappait, « de brillants soleils ». Arlette reprenait, « Le tonnerre et la pluie ont fait un tel ravage », il fallait s'accrocher, les mots flottaient, les syllabes se découpaient en tranches, « Le temps mange la vie… » Basta ! Elle allumait la télévision – météo, *La Roue de la fortune*, rediffusion de *Dallas*.

Papa ?

Le plafond se fissure et, dans le noir mousseux d'une grotte, ploie un bouquet d'algues. La roche se couvre de moules caquetantes. D'une faille profonde, Albert lui tend la main. Il a quarante ans, les traits lisses d'une jeunesse éternelle. Cela fait trente-cinq ans qu'Arlette n'a plus quarante ans, trente-cinq ans de vie de plus que son père. Qu'a-t-elle fait de ces années ?

Tu m'as trouvée, papa ? Elle veut le rejoindre, passer de l'autre côté de l'entaille dans le rocher. Mais que deviendra la zitouna ? Faut-il vraiment que tout s'arrête maintenant ? La vie s'était étirée, si longue, infernale, et voilà qu'elle n'a même pas le temps d'un dernier coup de fil à sa petite-fille. Elle a besoin d'une minute, un court sursis, pour la prévenir : on se verra un peu plus tard, ma puce, ne t'inquiète de rien et pense à faire la fête.

C'était passé si vite, finalement, entre le 9 mars 1945 et aujourd'hui – quel jour de quelle année sommes-nous déjà ? Le 17 février 2009, midi. Quelque chose avait glissé entre ses doigts, plus fin que du sable – tous ces événements qui font une vie, l'Histoire, trop lourde pour ses épaules.

Soixante-quatre ans sans te voir, papa, tu n'as pas pris une ride, alors que moi, je suis devenue cette pauvre loque, corps usé, peau ravagée, une pocharde. Plus rien ne fonctionne à l'intérieur, tu presses, tu pousses, ça se décompose.

Derrière les volets, le ciel est bleu, on pourrait aller manger des gambas grillées au bord de la mer, papa ? J'appelle un taxi, je connais un restaurant délicieux sur la Corniche, service haut de gamme. Il faut en profiter maintenant, on nous annonce du mauvais temps pour demain.

*

Jojo était réapparu dans l'église Sainte-Rita pour l'enterrement d'Arlette, avec dans son sillage une infirmière qui poussait sa chaise roulante. Depuis qu'il s'était enfui des Trois-Lucs, ses jambes ne le portaient plus. Il avançait dans un brouillard cotonneux, se cognait, tombait. Son diabète était mal soigné, son état de santé s'aggravait. Son médecin l'avait fait hospitaliser.

Au cimetière des Vaudrans, il s'était recueilli une dernière fois devant le cercueil de sa femme. Puis l'infirmière l'avait raccompagné vers la sortie. Il avait disparu bien avant que notre famille ne se disperse sur le parking.

Jojo est mort un mois jour pour jour après ma grand-mère, dans une clinique privée marseillaise.

Quand les aides-soignantes le lavaient, avec des gestes rapides, il leur répétait qu'il ne pouvait pas vivre sans Lélette. Parfois, elles s'attardaient dans la chambre, lui prenaient la main.

— C'est beau, un si grand amour, monsieur Santucci, elle a eu de la chance, votre femme.

Il ne mangeait plus. Ses yeux s'étaient étrécis, ses lèvres, figées en une ligne blanchâtre. Arlette lui était apparue une dernière fois dans une colonne de lumière. Mais il ne parvenait plus à prononcer son prénom. Dans un ultime effort, il avait tendu le bras pour la saisir. C'était fini.

Ni Rosie, ni Lola, ni moi-même n'avons assisté à l'enterrement de Jojo. Les semaines suivant les funérailles de ma grand-mère, j'étais restée statufiée sur le sofa, humant de temps à autre un sachet de verveine-citronnelle, odeur qui la convoquait en une seconde, vivante, près de moi. Je ne répondais plus au téléphone.

J'ai appris plusieurs mois après ses obsèques qu'il était mort. Les neveux Guérini et des cousins éloignés venus de Calenzana avaient porté son cercueil le long des allées du cimetière des Vaudrans en improvisant un lamentu funèbre. Son corps avait rejoint celui d'Arlette dans le caveau des Santucci.

D'une armoire, Rosie exhume une boîte dans laquelle elle a rangé – ou plutôt devrais-je écrire « caché » – les photographies de notre famille datant des années 2000.

— Ne rends jamais publiques ces images de ma mère, aucune publication, nulle part, jure-le-moi.

Mes mains se figent autour de la tasse de thé.

— Et puis, pourquoi raconter qu'elle s'est mise dans cet état ? Tu dois t'en tenir à ses belles années, à Tunis, à sa rencontre avec mon père. Le reste, Marseille, le clan Guérini, tout ce bazar, c'est du fait divers.

Jamais elle ne parle de Jojo, ni de leur rencontre au début des années soixante, encore moins de leur mariage en 1996. Elle fait comme si cette histoire d'amour n'avait pas été au cœur de notre famille, toute notre vie.

— Pourquoi raconter la fin ?

Elle assène plus qu'elle ne questionne et moi, je suis de nouveau tétanisée. Je redeviens une petite fille, me détourne, l'esquive. Mais elle s'est rapprochée de moi. Rosie ne fait plus de couleurs à ses cheveux. Ses yeux ont perdu leur vert éclatant. La peau de son visage et de ses mains est désormais piquetée de taches brunes. J'ai peur d'une dame bien mise de soixante-sept ans, ballerines Chanel et tailleur bleu nuit, la grand-mère de mes fils.

— Pourquoi raconter… Tu m'écoutes, Olivia ?

Arlette pose entre nous, idole au regard terni, double menton, paupières gonflées. Je suis tentée de déchirer ces photographies, témoignage des dernières années de sa vie, pour chasser le souvenir, oublier. Après tout, c'est vrai, pourquoi raconter la fin ?

*

Quelques jours avant de mourir, Arlette avait composé le numéro de mon téléphone fixe, au journal. J'avais reconnu le « 04 » affiché sur l'écran, et décroché.

— Mamie ?

Silence au bout du fil.

— Mamie ?

Ni « bonjour », ni « comment ça va », juste quelques mots, un ton lénifié par l'alcool.

— J'ai besoin de fric, zitouna. Je ne te demande pas grand-chose et, promis, je te rembourserai rubis sur l'ongle.

C'était la première fois qu'elle me réclamait de l'argent. Je ne savais quoi répondre. Je tapotais mon stylo sur le bureau.

— Rubis sur l'ongle.

J'avais envie d'oublier le coup de fil, d'effacer ses mots, cette voix étrange et familière à la fois. Rosie disait toujours que sa mère s'acquittait de ses dettes, mais « en monnaie de singe ». J'étais jeune journaliste, payée au lance-pierre. Je vivais à Paris, à découvert toutes les fins de mois. Tac tac.

— Tu devrais demander à maman, non ?

— À ta mère ? Mais ta mère, c'est une salope !

J'étais restée coite. Je n'avais jamais entendu Arlette insulter Rosie de cette manière, même quand sa fille la secouait par les épaules, lui reprochait les lettres comminatoires de Sofinco, Cetelem et Cofinoga accumulées sur le buffet sans être ouvertes, ces courriers fluorescents qui menaçaient l'endettée d'une main basse des huissiers sur ses maigres biens.

— Toi, ma puce, tu ne vas pas me laisser sur le carreau ? Tu ne vas pas abandonner ta mamie chérie ? Je vais devoir me ravitailler aux Restos du Cœur. Je n'ai même plus de quoi donner à manger aux chiens.

Elle se privait pour nourrir ses animaux, leur acheter du bœuf premier choix chez le boucher qui, à force d'ardoises impayées, refusait désormais de la servir.

— Tu as besoin de combien ?

— Deux, trois mille euros…

C'était impossible. Je ne disposais pas de cette somme sur mon compte. Elle avait argumenté :

— Tu gagnes ta vie, tu as un bon salaire qui tombe tous les mois, tu écris des livres. Tu peux demander un prêt, ton banquier te l'accordera. J'ai vraiment besoin que tu me dépannes.

Et sa retraite ? Et Jojo ? Les fenêtres de mon bureau s'étaient recouvertes d'une pellicule opaque. J'étais soudain plongée dans le noir. Les visages de mes collègues, sur le plateau paysager, affichaient un rictus affreux. Ils tendaient vers moi leurs griffes. Donne ! Donne ! Qu'est-ce qui t'empêche de donner ? Tac tac. Radine, rapace.

— Je ne peux pas, mamie.

Harpagon, pingre.

— Dis surtout que tu ne veux pas m'aider, au moins ce sera plus clair.

— J'ai prévu de venir à Marseille dans quelques

jours, on en parlera à ce moment-là. Je te laisse, j'ai du travail. *Tanti baci.*

J'avais raccroché sans attendre sa réponse. Un mot italien m'était revenu, dans la foulée de ce « *tanti baci* », une de ces expressions que j'entendais, petite, dans la bouche de Sauveur. *Vergogna !* La honte. La honte et le déshonneur. *Vergogna !* Mais de qui, de quoi ? De moi qui, à ce moment-là, n'ai pas su venir au secours de ma pauvre grand-mère ?

Après ce coup de fil, je ne lui ai plus jamais parlé. Je ne l'ai revue qu'au funérarium, dans la robe fuchsia choisie par Rosie et Lola, visage cireux, enduit d'une épaisse couche de maquillage, juste avant que les employés des pompes funèbres ne vissent la planche sur son cercueil.

*

Plus jamais je n'entendrai sa voix, plus jamais ses soupirs, ses silences. Je ne possède aucun enregistrement, aucune vidéo, seulement ma mémoire et mes rêves, l'impression fugace qu'elle est là, parfois, au fond d'un café, près du flipper ou du billard, qu'elle m'attend. Je me retourne, et non, évidemment, ce n'est pas elle.

*

J'écris pour reconstituer ce qu'aucun registre d'état civil ne contient, l'intensité de sa vie, ses bifurcations, les choix qui se sont imposés, qu'elle a imposés, ceux dont elle a pensé qu'ils n'étaient pas des choix.

J'écris pour lutter contre l'absence des miens, celle de mes enfants quand ils sont avec leur père, celle de B. en Mayenne lorsque je cherche mes aïeux dans le Midi, et bien sûr, pour continuer de parlementer avec elle comme si elle était vivante, son corps ardent, près de moi.

En quelques mois, j'ai perdu dix kilos. J'ai arrêté de fumer des cigarettes, en prenant des poses semblables aux siennes, coudes sur la table, poignet cassé, fumée expirée entre mes lèvres serrées. Je n'ai plus envie de boire.

Je regarde l'addictologue dans les yeux. Ni lui ni moi ne portons plus de masque. Il me sourit.

— Et Tunis, alors, c'est comment ?

J'ai voyagé en Sicile, supplié un officier d'état civil rétif, à la mairie de Modica, de me délivrer l'acte de naissance de la nonna. Mais Tunis ? Restrictions sanitaires, temps qui manque, une crainte diffuse sur laquelle je ne pose pas de mots. Que redoutais-je donc d'y trouver ?

Il me faut pourtant fixer un décor, saisir les parfums de Bab El Assel, faire des repérages comme les cinéastes avant de tourner un film, les thermes d'Antonin, les rideaux rouges du théâtre municipal, la caserne de Forgemol, quand bien même tout existerait déjà, dans un repli de ma mémoire – ces souvenirs transmis à bas bruit sans qu'on s'en aperçoive.

*

Certains amis ont un passé colonial similaire à celui de ma famille. Ils louent des villas, tous les étés, à Bizerte ou à La Marsa. Ils ont renoué avec leur histoire. Pas moi, ni Lola, ni Rosie.

Ma tante n'est jamais retournée dans sa ville de naissance. Ma mère y a fait un unique voyage, l'été 1975. Elle venait de se marier, voulait montrer à mon père la ferme des vieux Ravalli, Djebel Oust, et la maison sur la plage de Dermèche, cédée à des Arabes quelques années après l'Indépendance.

— D'ailleurs, tu sais que je suis revenue enceinte de Tunis ? me dit-elle en avalant ses mots.

Je la fais répéter.

— Je suis revenue enceinte de Tunis.

Elle n'était pas « revenue enceinte, virgule, de

Tunis », mais « enceinte-de-Tunis » tout attaché, comme si Tunis l'avait engrossée, ou comme si l'enfant dans son ventre, qui naîtrait le jour de la Sainte-Prudence – moi –, était Tunis même, arrivait sur Terre avec l'énergie de cette ville, son histoire millénaire de prospérité, de guerres et de massacres, sa douceur et sa violence.

J'avais été conçue durant les après-midi fiévreux du mois d'août, cette année-là, le soleil dardant ses rayons à travers le moucharabieh et striant d'une lumière dorée les draps blancs sur lesquels mes parents s'enlaçaient.

Comme Arlette, comme Lola et Rosie, moi aussi, je suis une fille de Tunis.

*

Je furète sur le site internet de Tunisair. Marseille-Tunis. Je fais défiler les horaires, les prix, clique sur une promotion, inscris mon numéro de carte bancaire. L'écran se brouille, je ne vois plus rien, à part le sablier qui se remplit et se vide. Transaction en cours, achat validé.

La valise est ouverte sur mon lit, plusieurs semaines avant le départ. Je la fais, la défais, la refais comme si je devais partir là-bas pour toujours.

Au téléphone, ma mère m'annonce :

— Donne-moi les détails de ton vol. Je viens avec toi.

Je n'ai aucune envie qu'elle m'accompagne, ni d'être à ses côtés dans ce qu'elle présente à tous, désormais, comme *son* « retour aux sources ». Mais cette intrusion dans mon voyage est aussi sa manière d'autoriser ce roman.

*

Vol Tunisair TU 903. Départ de Marseille-Provence à 18 h 20, le 10 octobre 2022. Durée du vol : 1 h 35.

Je retrouve Rosie dans la zone d'embarquement.

Il m'a fallu supporter sa démarche de vieille petite dame, dinars glissés dans le soutien-gorge, sac serré sous le bras par peur atavique des Arabes, et son masque FFP2 alors que le Covid n'est plus qu'une lointaine menace.

Je me balade, nez en l'air, mains dans les poches, bois au robinet, mange avidement tout ce que nos hôtes me proposent. Ma mère fait la fine bouche, jette les glaçons, lave les fruits et ses dents à l'eau minérale, par crainte de la turista.

Nous sommes sur les traces de son enfance, cherchons la villa de Dermèche et la maison de la rue du Miel, ce qui subsiste de la vie d'Arlette et Sauveur, à Tunis, ce qui résiste au temps, aux révolutions et au passage des hommes. Mais Rosie se répand en petites conversations légères, pour ne rien dire. Nous sommes si dissemblables, deux étrangères côte à côte, cela ne cesse de m'interroger.

*

Avant notre départ, elle s'était inscrite sur Ariane, site du ministère des Affaires étrangères dédié aux voyageurs français dans des zones à risques, et leur divulguant des consignes, le cas échéant.

Je ne connaissais pas ce service. « Pour votre sécurité, restons connectés ! », clame le slogan sur le portail internet. Il fallait exposer les motifs du voyage, consigner les lieux visités, le numéro de vol et désigner une « personne de confiance » qui serait contactée si nécessaire – mon père.

Je ne considérais pas la Tunisie comme une « zone à risques » bien que le pays ait été, en 2015, le théâtre d'attentats revendiqués par l'organisation État islamique, sur une plage de Sousse et au musée du Bardo, faisant de nombreuses victimes.

Rosie tient ferme son fil d'Ariane, « au cas où » elle se perdrait dans le labyrinthe de son enfance, afin que son mari puisse tuer le Minotaure, la sauver. Cette métaphore, empruntée à la mythologie grecque, signifie aussi « ce qui sert de guide et permet de se sortir d'une situation problématique ». Le fil d'Ariane, cette « ligne directrice » pour ne pas complètement perdre les pédales.

*

Nous nous retrouvons, un matin, devant la grille du cimetière militaire de Gammarth. N'est-ce pas la véritable justification de ce voyage, revenir sur la tombe d'Albert Lacrouts ? Le gardien me tend les épais registres où sont consignés les noms des morts et la rangée de leur sépulture. Il hausse les épaules.

— Bon courage, en général, les visiteurs ne trouvent pas ce qu'ils cherchent.

Il me suffit pourtant d'ouvrir le premier livret, au hasard, pour tomber sur le nom d'Albert Lacrouts, allée 8, comme s'il nous attendait.

Nous avançons entre les rangées, face au golfe de Tunis. Il pleut quelques gouttes et moi, je pleure pour le peu qui subsiste de notre présence, sur cette terre africaine, quelques ossements d'un homme mort, à la fin de la Deuxième Guerre mondiale. Je pleure pour Arlette qui, après son départ en juin 1960, n'est jamais retournée sur la tombe de son père. Je pleure pour Rosie qui pleure, toute seule, toute petite, agenouillée devant la croix blanche, pour Lola qui pleurera la nuit, tête sous l'oreiller, quand elle recevra nos photographies de la sépulture.

*

Lorsque nous remontons dans le taxi, Dalida chante dans le radiocassette, « *Come prima* tu me donnes tant de joie ». Avec ma mère, je fredonne, « *Mi sento un po' confusa* ». Je me sens un peu confuse, moi aussi, dans cette voiture qui longe à toute vitesse les villas blanches de Gammarth.

Ça me plaît d'être une « fille de Tunis » comme Arlette, comme ma mère et ma tante. Mais pour la première fois de ma vie, je me sens tellement française. Il m'a fallu venir sur la tombe d'Albert Lacrouts, « mort pour la France », pour que je me sente française. Française ! ai-je bêtement envie de clamer à mon reflet dans le miroir de courtoisie. Française ! Peut-être est-ce la revanche posthume de ma grand-mère sur son destin d'exilée ?

*

Ma mère repart. Par la vitre ouverte de la voiture qui l'amène à l'aéroport de Tunis, elle m'enjoint de « faire attention » à moi, comme si j'étais encore une fillette.

Je reste quelques jours seule. J'ai eu envie de ces moments, mais confrontée à la grande ville, à sa moiteur étouffante, au chaos, je vacille, traversée de spasmes et de crampes. Je dors et délire, rêve des paysages écorchés de Belle-Île-en-Mer et du corps doux de B. contre le mien.

En pleine nuit, les yeux brûlants, je consulte, sur Wikipédia, les causes et les symptômes de la dysenterie, les personnalités qui en sont mortes, Choderlos de Laclos, Soliman le Magnifique, rédige des jeux de mots absurdes, dysenterie, « disant-tuerie ». Était-ce vraiment une bonne idée, ce livre, mes recherches, ce voyage sur les traces des miens, vouloir raconter ce qui ne l'a jamais été dans ma famille ?

— Quand tu seras morte, tu feras moins la maligne, me reproche Arlette, dans la pénombre, avant de poser un gant glacé sur mon front pour faire tomber la fièvre.

Je retourne sur Google : combien de décès par an de dysenterie ? L'Organisation mondiale de la santé classe cette maladie parmi les dix causes de mortalité les plus répandues sur la planète. Sur Instagram, je regarde en boucle des vidéos de chiots qui dansent, et je pleure. Arlette me tient la main dans le noir et se volatilise au premier appel à la prière du muezzin.

*

Je n'avance plus qu'en m'agrippant aux murs. Je vois Albert Lacrouts, sa moto renversée, sur la route de La Manouba au Bardo. Je croise Arlette et Sauveur sur la plage de La Marsa, la nuit, et déambule galerie du Colisée où se trouve encore la plaque de la couturière attitrée de ma grand-mère, « La Parisienne, maison fondée en 1951 ».

Je m'effondre, sans force, dans les jardins de la Résidence de France, le Dar El Kamila, ancien palais beylical, où mes grands-parents se sont mariés. Les hauts ficus aux feuilles grasses, branchages entremêlés, avancent vers moi et menacent de m'emprisonner.

Dans la vitrine du pâtissier Paparone, sous les arcades de l'avenue de France, ma grand-mère est encore avec moi. Elle me nargue, Ça n'a pas l'air d'aller très fort, ma zitouna, c'est l'air de la Tunisie qui te convient si peu ? Rentre chez toi, va, rentre en France.

*

Au téléphone, B. m'exhorte à avancer mon retour. Il est inquiet, lui qui n'est pourtant pas prompt à s'alarmer. Une telle fièvre, mes incohérences, des mots employés pour d'autres, ce n'est pas normal.

— Rentre par n'importe quel vol.

Mais moi, je veux aller au bout, au bout de ce chemin, de cette impasse où je me heurte au temps révolu, à l'Histoire qui ne se répète pas et à l'ombre d'une Arlette jeune et rebelle qui ne reviendra plus qu'entre ces lignes.

*

Je suis hospitalisée à mon retour de Tunis. Amaigrie, épuisée, je me suis écroulée dans le hall des arrivées à l'aéroport de Marseille.

Je lis le compte-rendu de l'échographie abdominale, « infection du côlon, important épaississement avec hypervascularisation pariétale, puissance du côlon droit et du côlon transverse ». Le gastro-entérologue me dit d'un air entendu :

— Vous avez réussi à attraper la maladie du colonial africain. Vous êtes typique de mes patients originaires de là-bas, ils ont tous mal au côlon !

Il me prescrit des antibiotiques mais, en vérité, seule l'écriture sauve – l'écriture, cette amarre lancée vers mes ancêtres.

Quelques semaines après notre voyage, Rosie a déménagé à Marseille, au dernier étage d'une résidence baptisée Bel Horizon. Chaque soir, elle s'assoit sur la terrasse avec Lola. Elles sirotent un tonic et regardent passer, dans la rade, les paquebots en partance pour l'Afrique du Nord.

Moi, j'ai quitté le Sud. Pour terminer ce roman, je me suis installée loin de la Méditerranée, du port de la Joliette et de mes origines.

À Belle-Île-en-Mer, les bruits des animaux me rappellent ceux de mes étés d'enfance, le dialecte indéchiffrable du paysan voisin, celui de mon grand-père penché sur ses plants de tomates, dans le jardin des Trois-Lucs.

J'observe mes fils construire des châteaux sur une plage de la côte sauvage. Autour de nous, les roches veinées de quartz se découpent, forment des plis fins et m'apparaissent comme les pages massicotées d'un livre.

*

Chaque matin, de bonne heure, je travaille dans une chambre en soupente et de mes mots surgit la silhouette fragile de ma grand-mère. Un oiseau pénètre par l'entrebâillement de la fenêtre de toit. Ses yeux bruns sont surlignés de sourcils flavescents. Les plumes, au sommet de sa calotte, se hérissent.

– C'est une alouette des champs, m'apprend B. Elle aime la lande atlantique en été, mais repart vers le Maghreb pour passer l'hiver.

Elle grisolle. Sous son corps couleur crème bat le cœur d'Arlette, une Arlette vivace et gaie, qui fait un dernier clin d'œil à sa petite-fille.

– Alors, ma zitouna, tu es allée au bout de notre histoire ? Tu te sens mieux ?

Je voudrais saisir ses mains, les serrer dans les miennes, Reste encore une minute, mamie. Mais elle s'envole et, comme Dalida, je chantonne Je vais, je viens, j'ai appris à vivre.

Cet ouvrage a été composé
par SoftOffice(38)
et achevé d'imprimer en France
par CPI BRODARD & TAUPIN (72200 La Flèche)
pour le compte des Éditions Stock
21, rue du Montparnasse, 75006 Paris
en août 2023

PAPIER CERTIFIÉ

Stock s'engage pour l'environnement en réduisant l'empreinte carbone de ses livres. Celle de cet exemplaire est de :
450 g éq. CO_2
Rendez-vous sur
www.editions-stock-durable.fr

Imprimé en France

Dépôt légal : août 2023
N° d'édition : 01 - N° d'impression : 3053507
66-51-1718/2